COLLECTION FOLIO

Anne Sinclair

La rafle des notables

Gallimard

Anne Sinclair est journaliste et ancienne animatrice de télévision. Elle est l'autrice de plusieurs essais, dont *Deux ou trois choses que je sais d'eux* (1997), *Caméra subjective* (2002), *21 rue La Boétie* (2012), *Chronique d'une France blessée* (2017) et *La rafle des notables* (2020), tous publiés aux Éditions Grasset. Ses Mémoires, intitulés *Passé composé,* sont parus en 2021.

Pour mes fils David et Élie
et pour mes petits-enfants

Cette histoire me hante depuis l'enfance. Et pourtant, si les sagas familiales interpellent ceux qui avancent en âge, la mienne ne m'a d'abord intéressée que de loin, l'immédiateté ayant eu longtemps, dans ma vie de journaliste, plus d'attrait que les histoires du passé. Néanmoins, ce chapitre-là continue de me poursuivre. Pour le côté romanesque que je n'ai pas pu élucider, pour les questions que je n'ai pas posées, pour les détails que je n'ai pas demandés ?

On n'interrogeait pas les grands quand on était enfant. Parce que si les confidences ne nous étaient pas faites, il nous semblait indécent de les provoquer. Parce que cela nous pesait, aussi. Écouter les histoires des anciens de la famille, dont on se moquait bien, auxquelles on ne comprenait pas tout, nous embarrassait et empiétait sur les heures de jeux. Pour autant, j'aurais pu, plus tard, chercher à en savoir davantage. Pourquoi ne l'ai-je pas fait, et pourquoi mon père ne m'a-t-il rien raconté, alors qu'assez tôt j'adorais qu'il me lise son journal de guerre dont il expurgeait les pages qui ne regardaient pas l'adolescente que j'étais ?

J'ai vite connu l'essentiel de l'épopée de ma famille maternelle, les Rosenberg, leur fuite de France les 16 et 17 juin 1940, leur arrivée en Amérique, le pillage de leurs biens. J'ai d'ailleurs eu envie de raconter cette aventure[1], qui mêlait l'art, la guerre, la grande histoire tragique, la petite histoire familiale, les ironies du destin.

Je rôdais autour de l'autre, celle de ma famille paternelle, sans y pénétrer. Et comme toujours, quand les témoins disparaissent, quand plus personne n'est là pour affirmer ou raconter, l'urgence s'impose car les bribes de mémoire qui nous sont parvenues s'évanouiront après nous.

1. *21 rue La Boétie*, Grasset, Paris, 2012.

Quand j'ai commencé mes recherches sur Léonce Schwartz, le père de mon père, j'espérais dénicher des pistes : sur son arrestation – que j'ai crue effectuée par la police française –, son incarcération – dont j'étais persuadée qu'elle avait eu lieu à Drancy. Et puis, je pensais élucider ce que racontait la légende familiale, une évasion rocambolesque hors du camp, grâce à l'audace de ma grand-mère, déguisée en infirmière, subtilisant une ambulance de la Croix-Rouge, se faufilant dans le camp, mon grand-père dont elle aurait sauvé la vie assis sur le siège arrière, lui épargnant ainsi de justesse la déportation ! Je présumais trouver des documents, des lettres, ainsi que des traces de leur cachette durant les années qui suivirent. Et puis, me disais-je sans aucune modestie, je me nourrirais de ma quête et de ses apories pour en faire un récit littéraire, dans le sillage du *Dora Bruder* de Patrick Modiano…

Après quelques mois d'enquête, je m'aperçus que les rares découvertes que je récoltais étaient peu conformes à ce que j'avais cru. Aucun document ou presque en possession de ma famille ; arrestation par la Wehrmacht et non par les hommes de Bousquet et Leguay ; point de Drancy, mais le camp de Compiègne-Royallieu, moins connu ; pas d'évasion romanesque hors des barbelés, mais l'exploit toutefois de ma grand-mère pour faire sortir Léonce des griffes nazies, de l'hôpital du Val-de-Grâce, sinon des paillasses du camp.

Je suis allée à Compiègne. J'ai mesuré une fois de plus combien les lieux aseptisés perdent de leur pouvoir émotionnel. J'avais ressenti cela, déjà, lors d'une visite à Auschwitz-Birkenau où les innombrables lectures avaient eu sur moi un pouvoir évocateur cent fois plus fort que le fragile bois de bouleau, les grandes étendues neigeuses traversées par des rails de train, et les amas de pierres, seuls vestiges des chambres à gaz qu'il nous fallait imaginer. J'ai pleuré aux récits des rescapés, de Primo Levi à Imre Kertész ou Marceline Loridan, mais à Auschwitz je n'ai pas été submergée par l'émotion à laquelle je m'attendais.

Compiègne non plus ne m'évoqua rien,

sinon une incroyable proximité avec Paris, par la nationale qui passe en bordure du camp, aujourd'hui avenue des Martyrs de la Liberté, hier simplement route de Paris à Saint-Quentin. Elle m'a fait penser à la très fréquentée avenida del Libertador, qui traverse Buenos Aires et longe les barbelés de l'Esma (la pseudo-École de mécanique de la Marine), où, au début des années 80, furent torturées, en pleine ville, des milliers de victimes des généraux de Videla. Je me rappelle m'être dit, lors de la visite de ce lieu d'une mémoire si douloureuse pour les Argentins, qu'il était impensable qu'à côté d'une voie d'intense circulation, on ait pu dissimuler si longtemps un tel espace de torture.

Alors j'ai lu. Toutes les monographies écrites sur le camp de Compiègne-Royallieu, les journaux de ceux qui ont été prisonniers de ce camp et qui ont survécu, comme les notes de ceux qui ont tenté d'écrire jusque dans le train qui les conduisait vers la mort, jetant leurs billets le long des voies. Bien sûr, j'ai consulté les préfaces de Serge Klarsfeld qui, depuis quinze ou vingt ans, a entrepris un formidable travail de publication de ces textes et qui a permis à ces récits, très souvent bouleversants, de voir le jour.

Je n'ai, en revanche, pas trouvé beaucoup de détails dans les relations qu'ont faites les historiens de cette « Rafle des notables », enserrée entre les premières rafles de mai et août 1941 et celle, d'ampleur historique, dite du Vél' d'Hiv, de juillet 1942[1].

Pourtant, cette rafle du 12 décembre 1941 est mémorable : elle visa 743 Juifs français, constituant plutôt une population bourgeoise installée depuis longtemps dans la société française. S'y ajoutèrent aussi 300 Juifs étrangers socialement moins favorisés, transférés du camp de Drancy où ils étaient déjà internés, afin que les autorités d'Occupation atteignent le chiffre de 1 000 détenus souhaité par Berlin.

À Compiègne-Royallieu, un camp extrêmement dur, se sont donc retrouvés deux types de prisonniers dont la vie avait été,

1. L'historien Laurent Joly, dans ses livres *Vichy dans la « solution finale », 1941-1944*, Grasset, Paris, 2006, et *L'État contre les juifs*, Grasset, Paris, 2018, est l'un de ceux qui ont cherché à en décrypter la portée.

jusque-là, tout à fait dissemblable : des Français juifs très assimilés, et des Juifs étrangers, soumis depuis longtemps à la vexation, à la haine ou aux pogroms. Avec une approche divergente de leur judaïsme et une compréhension différente des raisons de leur arrestation, même si les bourreaux ont transformé en quelques semaines les uns et les autres en une même humanité souffrante.

La finalité de cette rafle et de ce camp était bien entendu la déportation. Pour les officiels allemands, comme Otto Abetz, ambassadeur d'Allemagne en France, elle était parfaitement cohérente avec le plan global des nazis. Hitler, qui l'avait reçu le 3 août 1940, avant qu'il ne rejoigne son poste à Paris, évoque devant lui son « projet de vider l'Europe de tous ses juifs[1] ».

C'est de ce camp que partit hors de France le premier contingent de Juifs déportés. La majorité des détenus quitta

1. Cité par Laurent Joly in *L'État contre les juifs*, faisant lui-même référence à Raul Hilberg, auteur de *La Destruction des Juifs d'Europe*.

en effet Compiègne pour Auschwitz, le 27 mars 1942, et, pour la plupart, furent gazés dans les jours qui suivirent. Les autres, transférés à Drancy, ont pris ensuite le même chemin vers le même camp de la mort. Quelques-uns ont eu la chance de survivre, de revenir, ou d'être libérés, notamment pour de graves raisons médicales. Ce fut le cas de mon grand-père, Léonce Schwartz, dont j'ai retrouvé ici et là quelques traces. Transféré au Val-de-Grâce, il échappa miraculeusement à Auschwitz. Il eut le privilège de mourir dans son lit, des suites des sévices allemands, juste après la reddition de mai 1945, et le retour de son fils aimé, mon père Robert, du Proche-Orient où l'avaient envoyé les Forces françaises libres dans lesquelles il s'était enrôlé.

Donc peu d'éléments pour écrire une histoire familiale. Pas question non plus d'en faire un roman, car j'aurais eu l'impression de trahir le récit si douloureux qu'ont livré les quelques survivants.

Cependant, cette rafle, je veux qu'on la connaisse, qu'elle dépasse le cercle des spécialistes de cette période. Elle n'intéressera pas ceux que ces récits lassent, dont la Shoah mille fois racontée a émoussé l'attention. Je voudrais simplement rendre hommage aux hommes qui ont souffert aux côtés de mon grand-père que je n'ai pas connu et peut-être ainsi atténuer la culpabilité de n'avoir pas tenté plus tôt de démêler les fils de cette histoire.

J'ajoute que ce chapitre si lourd du XXe siècle me ronge, et plus l'âge avance, plus il me semble obscur.

Face à l'antisémitisme renaissant, l'extrémisme et le populisme se développant en Europe et en France comme on ne l'aurait jamais imaginé dans ma jeunesse, j'ai été de plus en plus habitée par les années d'Occupation et le trou noir de la Shoah qui semble toujours inatteignable à la raison. Essayer de redonner un peu de chair aux disparus est devenu pour moi une obsession. Ce tourment, passager clandestin de ma propre mémoire, de ma propre histoire, j'espère pouvoir, en l'écrivant, le déposer comme un fardeau intime devenu mémoire collective.

Si bien que, peu à peu, au drame vécu par mon grand-père qui était l'objet premier de mes recherches, s'est substituée l'urgence de partager avec un plus grand nombre la tragédie qu'avec lui un millier de Français ont traversée et qui était surtout connue des spécialistes. Leurs récits sont poignants. On en trouvera les références dans ces pages, comme un dernier salut à ces victimes de la persécution forcenée des nazis. Voilà pourquoi j'ai voulu raconter l'histoire de cette rafle et de ce camp, en mémoire de ceux qui vécurent ce calvaire, pour que l'on sache ce qui s'est passé en France, il y a plus de soixante-dix ans, à moins de 100 kilomètres de Paris.

La rafle des notables, donc, commença dans la nuit du 12 décembre 1941. Sans doute de la même façon que des milliers d'autres en France occupée, des millions d'autres en Europe nazifiée, par un coup de sonnette qui fracassa le silence de la nuit, au n° 46 de la cossue rue de Tocqueville, à Paris, dans le XVIIe arrondissement.

1

L'arrestation

Les récits des rafles de l'époque commencent tous de la même manière, à quelques détails près. Il était entre 5 h 30 et 7 heures du matin, quand Léonce et Marguerite Schwartz, mes grands-parents, furent tirés du lit. Forcément de mauvaises nouvelles, mais avaient-ils un autre choix que d'aller ouvrir ?

Je les imagine, le dimanche d'avant, au club de tennis où ils allaient souvent, jouant au bridge avec des amis, négligeant les précautions, et suivant des yeux les allées et venues des jeunes gens joyeux, raquette en main, héros d'une petite société insouciante des dangers qui guettaient les autres.

Ils se faisaient souvent appeler Sabatier, mais au club, tout le monde les connaissait. Malgré le Statut des Juifs édicté par Vichy en octobre précédent et complété en juin, et surtout malgré le recensement, voulu par les Allemands, en octobre 1940 et celui dit « de contrôle », d'octobre-novembre 1941 ; malgré la rafle de mai visant les Juifs étrangers, puis celle d'août où, pour la première fois, des Français dont quelque quarante avocats juifs avaient été arrêtés, on ne pouvait pas vivre dans la peur de ce qu'on ne maîtrisait pas. Léonce avait mis en sommeil l'entreprise de dentelles rue d'Aboukir pour éviter tout risque d'aryanisation, et la vie s'écoulait, oppressante.

Comme beaucoup de leurs amis, ils n'avaient pas voulu fuir ni en zone libre ni à l'étranger. Pas davantage se cacher, ou déménager. Était-ce de l'inconscience ? La concierge les saluait toujours d'un retentissant « Bonjour monsieur et madame Schwartz », comme elle saluait de la même manière Louis et Mariette Engelmann, locataires à l'étage au-dessus. Et puis, pourquoi Léonce aurait-il été arrêté ? Il se disait, comme Jean-Jacques Bernard, le fils de Tristan Bernard[1], dans son très beau livre *Le Camp de la mort lente*, « je n'y croyais pas beaucoup. On ne pouvait rien alléguer contre moi[2] ». Ce qui en disait long sur la cécité des Juifs face au désir d'élimination qui animait les nazis.

Ma grand-mère se réjouissait de savoir leur fille, ma tante Denise, à Cannes en zone libre, avec ses enfants, attendant de passer en Suisse pour rejoindre son mari. Mon père Robert était loin, parti pour l'Amérique, puis Dieu seul sait pour où. Il avait pu leur faire savoir, il y a six mois, qu'il allait bien, mais sans rien dire de ses projets, et ils ignoraient qu'il était au Proche-Orient, engagé dans la France libre, en train de manquer mourir de dysenterie dans un hôpital de Damas…

Leur groupe d'amis heureusement ne

1. Romancier et auteur dramatique, très célèbre pour ses mots d'esprit.

2. Jean-Jacques Bernard, auteur dramatique. Arrêté lui aussi le 12 décembre 1941, il eut la chance d'être libéré. Son livre est le premier qui parut à la Libération : *Le Camp de la mort lente, Compiègne, 1941-1942.* Première publication, Albin Michel, 1944, puis Éditions Le Manuscrit, collection « Témoignages de la Shoah », Paris, 2006.

s'était pas fracturé, même si tout le monde s'était mis d'accord pour ne jamais parler politique lorsqu'ils se trouvaient ensemble : certains aimaient le Maréchal et pensaient qu'il faisait tout son possible pour améliorer le sort des Français ; on se doutait que d'autres écoutaient Radio Londres chez leurs enfants. Et puis, il y avait ceux qui ne disaient rien. Quand ils se retrouvaient en famille, seulement, ils se laissaient aller à leurs soupirs et frayeurs : qu'allait-il advenir de ce pays, de cette France, d'eux-mêmes ?

Quelques semaines plus tôt, le 5 septembre 1941, avait été inaugurée au palais Berlitz une exposition intitulée « Le Juif et la France », placée sous l'égide de l'Institut d'étude des questions juives (IEQJ), bureau français de propagande nazie, sous l'autorité de la Gestapo. Léonce et Marguerite, qui passaient boulevard des Italiens, frissonnèrent devant la répugnante affiche d'un homme aux doigts crochus et aux yeux globuleux enserrant de ses griffes un globe terrestre. La foule s'y pressa, avide de savoir, comme le promettait la publicité, « comment reconnaître un Juif d'un Français ». Étrangeté de l'histoire : cette exposition fut conçue au 21 rue La Boétie, officine de l'IEQJ installé dans l'immeuble du « Juif Rosenberg[1] » qui deviendrait, après la guerre, le beau-père de leur fils Robert.

Alors on imagine la scène telle que ceux qui, l'ayant vécue comme les Schwartz, ont pu la raconter.

Le doigt qui presse la sonnette, impatiemment ; mes grands-parents qui vont ouvrir, inquiets, ayant lu les récits de la police débarquant à l'aube. Dans l'Union soviétique stalinienne pour appréhender les opposants, et depuis 1933 en Allemagne, pour se saisir des adversaires du régime, et notamment des Juifs.

J'ai voulu aller voir ce 46 rue de Tocqueville. Il se trouve dans une partie très tranquille de l'artère, à deux pas du parc Monceau. Dans l'endroit le plus large de la rue, où un terre-plein central permet

1. Voir *21 rue La Boétie*, *op. cit.*

aux voitures de se garer, entre deux rangées de tilleuls. Les arbres sont jeunes. Ils n'étaient pas là, alors. L'immeuble est typique de l'époque haussmannienne, protégé désormais par deux digicodes. Je me faufile tandis qu'un jeune employé de Chronopost en sort et je reste un moment entre le portail qui donne sur la rue et la porte vitrée fermée elle aussi. Je ne sais ce que j'espérais en me rendant à cette adresse. J'ignore même l'étage où ils habitaient. Je n'ai aucun souvenir de l'immeuble dans lequel je sais être allée – je devais avoir 5 ans – regarder le couronnement de la reine d'Angleterre, chez ma grand-mère qui y habitait encore dans les années 50 et qui, seule de la famille, possédait une télévision.

Je reste donc de longues minutes dans ce hall, sans bien savoir si je rêve – ou cauchemarde – ou si je me protège de la pluie battante de ce mois d'octobre dont le jour est à peine plus clair que l'aube du 12 décembre 1941.

Je les devine, les quatre hommes derrière la porte. Deux agents de police en pèlerine et képi, et derrière eux, en tenue, deux soldats allemands de la Wehrmacht, alors sous les ordres du général Otto von Stülpnagel, commandant militaire en France. Ce fut la procédure décidée pour cette rafle : la police française suivie de deux *Feldgendarmes*, et parfois d'agents de la Gestapo.

« Nous cherchons monsieur Léonce Schwartz. » Les échanges furent les mêmes dans tous les immeubles visités à l'aube : « Nous aimerions vous emmener pour vous poser quelques questions », disent les Français, tandis que les Allemands restent silencieux. La scène est connue, on devine le dialogue. « On vous laisse faire une petite valise ? C'est une affaire de quarante-huit heures. — On vous donne quinze minutes », ajoute l'un des Allemands dans un français correct teinté d'un fort accent et sur un ton de commandement pour montrer la domination des autorités d'Occupation, les deux policiers français étant visiblement là pour le décor. Ils tendent une liste à mon grand-père : deux couvertures, du linge, deux jours de vivres, 300 francs maximum, ni papier ni stylo. Léonce, pas plus que tous les autres arrêtés cette nuit-là, ne demande pourquoi on vient le chercher au petit matin, et, avec ma grand-mère, passe dans la chambre. Il fait froid, encore nuit noire. Ils saisissent une petite valise, Marguerite y jette à la hâte un costume chaud, quelques lainages, deux couvertures, tandis que Léonce prépare ses affaires de toilette et surtout ses médicaments contre l'asthme. Il ne pense même pas à s'enfuir. D'ailleurs par où sortirait-il, les deux Allemands ayant investi la cuisine devant l'entrée de service ? Ils ne se parlent pas, agissent vite, Léonce ne sait que dire pour rassurer sa femme. D'ailleurs, il n'y a rien de rassurant. En un quart d'heure, c'est expédié. Un baiser rapide. Une phrase idiote, prononcée par tous, ce matin-là : « J'essaie de te donner des nouvelles dès que je peux. » J'imagine encore l'indicible sourire chez l'Allemand qui avait parlé. Les policiers français soulèvent leur képi pour saluer Marguerite et laisser passer Léonce, les deux Allemands ferment la marche. La porte palière claque.

Marguerite reste figée. Il y a du bruit

dans l'escalier. Apparemment, Louis Engelmann, qui habite à l'étage au-dessus, a été emmené lui aussi. Elle n'ose pas ouvrir pour regarder. Elle se précipite sur son téléphone et appelle leurs amis juifs les plus proches : « Ils viennent d'arrêter Léonce, c'est une rafle, ne restez pas chez vous », chuchote-t-elle.

La sale guerre est entrée au domicile de mes grands-parents. Nous sommes le vendredi 12 décembre 1941 et ils ne savent pas que la « rafle des notables » vient de commencer.

Léonce monte dans une voiture qui l'emmène à la mairie du XVIIe, rue des Batignolles, tout près. Pas un mot n'est échangé avec ses accompagnateurs. On le pousse dans les locaux, déjà à demi remplis, sur les banquettes d'une grande pièce, sans doute la salle des mariages. Rien que des hommes, de tous âges, visiblement tirés comme lui du sommeil, en chapeau et manteau, une petite valise à leurs pieds. Il reconnaît Louis Engelmann, son voisin du dessus, déjà assis deux bancs devant lui, et il échange avec lui un signe de tête. Il apprendra par la suite que Louis fut arrêté au chevet de sa mère mourante, puis conduit au 46 rue de Tocqueville pour y prendre des affaires[1].

Ils restent là plusieurs heures, sans oser parler, sous la surveillance des *Feldgendarmes* et des policiers de la Sipo-SD (la police allemande et le service de sécurité de la SS, le tout sous les ordres de Reinhard Heydrich, l'adjoint de Himmler). Leurs homologues français ont disparu.

Les idées de Léonce se bousculent, sûrement triviales et quotidiennes : « J'ai oublié d'emporter du savon à barbe... J'aurais dû prendre un verre d'eau, quand aurons-nous la possibilité de boire un peu ?... Margot doit se faire un sang d'encre... Comment n'avons-nous pas compris que le recensement ordonné par les Allemands en octobre 1940, et renouvelé tout récemment il y a un mois, était un signe ? Quelle folie de ne pas avoir au moins fui en zone libre !... Dire que je ne

1. Louis et Mariette Engelmann, *Sans toi, je serais en route pour un grand voyage, histoire d'un sauvetage, Compiègne-Drancy, 1941-1942*, Éditions Le Manuscrit, collection « Témoignages de la Shoah », Paris, 2016.

suis pas allé à la synagogue depuis la bar-mitzva de Robert et le mariage de Denise ! Et puis, je suis français, je suis né à Paris, j'ai fait la guerre de 14… Il doit y avoir une erreur… »

Même si la rumeur court depuis quelque temps, le port obligatoire de l'étoile jaune par les Juifs n'a pas encore été édicté en France, à la différence d'autres pays occupés par le Reich. Il n'interviendra qu'en mai 1942, lors du voyage en France de Heydrich, chargé de la Question juive en Europe.

Inutile de tenter la conversation avec son voisin, lui glisse Louis Engelmann, un homme qui voulut le faire il y a quelques minutes s'est vu intimer brutalement l'ordre de se taire par l'un des soldats qui monte la garde.

Le jour se lève. Un temps gris de décembre, sombre et froid. Les heures s'écoulent, rythmées par l'arrivée de compagnons d'infortune.

En fin de matinée, on entend du bruit dehors, et l'on fait sortir un par un les arrêtés du petit matin. Des autobus les attendent devant la mairie où quelques curieux regardent en silence. Commence alors un périple dans Paris. Arrivés à l'École militaire, d'autres soldats qui semblent les attendre font descendre Léonce et ses compagnons avec des cris et des coups de crosse. Leur première rencontre avec les hurlements et la brutalité.

Ils entrent dans une salle de manège, sombre et sablonneuse, le « manège du commandant L. Bossut », qui fut celui de l'École supérieure de guerre à partir de la IIIe République. Un grand boyau de 50 mètres de long sur 10 de large. Avec au fond une petite estrade où les Allemands finissent d'installer une mitrailleuse qu'ils font pivoter, une menace qui amuse beaucoup les soldats, ainsi que les infirmières allemandes qui les ont rejoints, notera Georges Kohn[1], qui fait partie de la rafle du jour.

Je suis allée aussi voir ce manège, derrière les Invalides. Il est devenu un atelier

1. « Journal de Compiègne » de Georges Kohn in *Le Camp juif de Royallieu-Compiègne, 1941-1943*, Éditions Le Manuscrit, collection « Témoignages de la Shoah », Paris, 2007.

pour les militaires. J'ai dû m'y glisser pour entrer, car les visiteurs ne sont pas admis.

Je pousse la porte entrouverte et avise un jeune homme. Je lui demande s'il peut m'indiquer où se trouve la plaque dont je savais qu'elle avait été posée en 1999, par les Fils et Filles des déportés juifs de France (FFDJF), pour honorer la mémoire des raflés du 12 décembre 1941. « Une plaque ? Quelle plaque ? Je suis là depuis dix ans et n'en ai jamais vu ! » Il hèle un camarade, gardien de l'endroit : « Tu es là depuis combien de temps, toi ? — Depuis dix-neuf ans ! — Et tu as déjà vu une plaque ? La dame la cherche. » Moue dubitative. Ils me font faire le tour du bâtiment. Je ne vois rien. C'est en partant que je la découvre, sur le mur extérieur de l'enceinte qui donne sur l'esplanade de l'École militaire, précisément là où elle devait être, accessible au public et pas seulement aux soldats. Les gardiens ne l'ont jamais remarquée, ce qui relativise le pouvoir d'évocation des inscriptions qu'on croit importantes et qui passent totalement inaperçues des habitués du lieu.

Le jour est blafard. Le manège ne cesse de se remplir, les nazis ont écrémé tous les coins de Paris. Certains détenus se saluent, s'embrassent, rassurés de voir un visage ami dans leur infortune. La plupart des hommes – en majorité la cinquantaine – ont les vêtements soignés et bien coupés de personnes à l'abri du besoin. Léonce reconnaît-il des familiers du quartier ou des connaissances ?

Les arrivées soulèvent de la poussière qui, mélangée au crottin du manège, rend l'air irrespirable. Les gorges se mettent à piquer, toujours pas la moindre goutte d'eau à l'horizon. Ils se tiennent debout contre le mur. Certains tentent de s'asseoir et reçoivent l'ordre de se relever, toujours avec la même brutalité. Au fur et à mesure que s'écoulent les heures, les besoins naturels se font pressants. Pas un endroit pour s'isoler. Et c'est dans un coin, dans la sciure, que les hommes, un par un, vont uriner devant leurs compagnons, inaugurant une entorse humiliante à leur pudeur de bourgeois bien élevés, qui bientôt ne les gênera plus.

Dannecker fait son entrée. L'hystérique Theodor Dannecker, *SS-Hauptsturmführer,* l'équivalent d'un capitaine dans la gradation SS, représentant d'Eichmann, grand chef de la « Question juive » à la Gestapo, affecté en France jusqu'en août 1942[1]. Ils apprendront vite à le connaître et à le craindre. Grand, élégant, il vient superviser l'opération – pourtant officiellement menée par le MBF[2] et non les SS – et hurle, en allemand, des ordres que la plupart des prisonniers ne saisissent pas. Ceux qui comprennent quelques mots entendent qu'il déverse des torrents d'injures et de menaces : « Têtes de cochons, fils de truies, vous allez voir mes chers Messieurs (*meine lieben Herren*)[3] ! »

1. Après la France, Dannecker sera chef du service des Affaires juives en Bulgarie, fera partie de l'équipe d'Eichmann en Hongrie, et finira sa sinistre carrière en déportant les Juifs d'Italie. Fait prisonnier à la fin de la guerre, il se pendra dans une prison américaine en 1945.

2. *Militärbefehlshaber,* le commandement militaire allemand en France.

3. Cité dans « Pour que tu n'oublies pas », de Roger Gompel, in *Le Camp juif de Royallieu-Compiègne, 1941-1943, op. cit.*

La journée s'écoule, interminable, à faire les cent pas, à parler aux uns et aux autres, à s'interroger sur les raisons de leur arrestation.

On a beaucoup dit que la rafle des notables avait eu lieu après Pearl Harbor, au lendemain de l'entrée en guerre des États-Unis et qui en aurait été la cause. En fait, à la lecture des documents rassemblés par Georges Wellers[1], historien du nazisme, lui-même arrêté ce jour-là, on constate que l'opération était prévue antérieurement. En effet, l'ordre d'arrestation est tombé le 5 décembre, deux jours avant Pearl Harbor. En réalité, c'est une série d'attentats antiallemands en octobre et novembre (et pour lesquels des otages – notamment les fameux fusillés de Châteaubriant – seront exécutés) qui sert de prétexte aux occupants[2]. En effet,

1. Georges Wellers, arrêté le 12 décembre 1941, transféré à Drancy le 3 avril 1942, est déporté à Auschwitz le 30 juin 1944, d'où il reviendra. Il a consacré sa vie à l'histoire de la Shoah et à la lutte contre le négationnisme jusqu'à sa mort, en 1991.

2. Otto Abetz, ambassadeur d'Allemagne en France, précise que cette rafle est organisée à titre de représailles. Dans une note adressée le 7 décembre au

le général von Stülpnagel, le commandant militaire allemand en France, est réservé envers la politique de représailles voulue par Hitler qui, après chaque attentat, conduit à des fusillades d'otages. Elle lui apparaît contre-productive. Il lui préfère une répression ciblée et « externalisée », c'est-à-dire la déportation des ennemis politiques juifs et communistes. Comme le souligne Philippe Bernard – journaliste au *Monde* et auteur de la préface au livre de Louis et Mariette Engelmann dont il est le neveu –, cette politique systématique contredit le récit traditionnel qui prétendait que les Français juifs avaient été pris pour cibles à partir de novembre 1942, après le débarquement allié en Afrique du Nord et l'occupation de la zone Sud. Surtout, elle vient infirmer la thèse élaborée par Vichy dès la Libération et reprise

---

ministère allemand des Affaires étrangères, citée par Georges Wellers, il précise : « [...] Même lorsqu'il est prouvé clairement que les auteurs [des attentats] sont des Français, il est bon de ne pas mettre cette constatation en relief, mais de tenir compte de nos intérêts politiques et de prétendre qu'il s'agit exclusivement de Juifs et d'agents à la solde des services secrets anglo-saxons et soviétiques. » On n'est pas plus clair.

aujourd'hui par des polémistes révisionnistes – toutefois démentis par tous les historiens – selon laquelle le gouvernement du Maréchal aurait servi de bouclier aux Juifs français !

D'ailleurs, dès le mois d'août 1941, les nazis, en arrêtant des Français, avaient testé la faible capacité de réaction de Vichy. Quant à cette opération du 12 décembre, elle signifie à l'évidence pour les Allemands que la distinction entre les Juifs français et les autres n'a aucune valeur. L'antisémitisme hitlérien reposait sur une conception raciale du judaïsme et la volonté de prouver qu'être citoyen de la République française ne protégeait aucun Juif. J'ajoute que la propagande avait habitué les Français à considérer les Juifs comme les ennemis de la France avec, par exemple, l'exposition « Le Juif et la France » ; et qu'enfin, arrêter, dans chaque profession, des personnalités représentatives permettait de montrer du doigt le rôle des Juifs puissants et fortunés dans les activités antiallemandes, la guerre et donc les malheurs des Français.

Les historiens Michaël Marrus et Robert Paxton, auteurs de nombreux écrits sur Vichy, notamment sur la politique antijuive de Pétain-Laval-Darlan (travaux antérieurs sur ce sujet à beaucoup de ceux de leurs homologues français), ont été les premiers à insister sur l'aide déterminante que les autorités françaises apportèrent aux Allemands, notamment avec les lois sur le statut des Juifs d'octobre 1940 et de juin 1941, voulues pour démontrer le zèle des Français dans la politique antijuive de collaboration.

Dans la section juive de la préfecture de police, constituée après l'ordonnance allemande portant recensement des Juifs, se trouvait un « fichier juif », administré par André Tulard, alors chef de bureau, puis devenu sous-directeur des étrangers à la préfecture de police au printemps 1942. Ce fichier répertoriait les 150 000 Juifs recensés dans le département de la Seine, par ordre alphabétique, par rue, par profession et nationalité. Un modèle d'efficacité tenu à jour, dont les historiens précisent que « son développement dépassa la lettre des ordonnances allemandes à la faveur d'un élan administratif propre[1] » et qui fournit un précieux guide aux autorités d'Occupation pour les arrestations de décembre 1941 (qui font office de répétition pour les rafles qui suivront).

Le nombre des hommes arrêtés et rassemblés au « manège Bossut » grossit peu à peu. Pour atteindre le chiffre de 743 Juifs français, considérés comme « notables », autrement dit influents (« *einflussreiche Juden* »)[2]. René Blum, directeur des Ballets de Monte-Carlo, frère de Léon, est parmi eux. Ainsi que Roger Masse, polytechnicien et militaire dans l'armée française. Son frère, Pierre Masse, éminent juriste, sénateur, ancien membre du gouvernement Clemenceau,

1. Michaël Marrus et Robert Paxton, *Vichy et les Juifs*, deuxième édition, Calmann-Lévy, Paris, 2015.

2. Ce chiffre est connu de tous les spécialistes, mais la liste proprement dite des « 743 » a disparu. Un état de 87 noms qui se trouve à la FFDJF m'a été remis par Serge Klarsfeld. C'était une première tentative après la guerre pour recenser les « notables » arrêtés. Puissent ce livre et les recherches qui se poursuivent permettre de compléter le plus possible ce sombre inventaire.

arrêté depuis août 1941, le rejoindra le lendemain. Jacques Debré, ingénieur, frère du grand médecin le professeur Robert Debré, est présent dans le manège, comme Me Ullmo le célèbre avocat. Ainsi que Robert Dreyfus, conseiller à la Cour de cassation, Édouard Laemlé, président de chambre à la cour d'appel de Paris, ou Georges Wellers, déjà mentionné, futur historien du nazisme, qui sera déporté à Auschwitz et survécut. Jean-Jacques Bernard, fils de Tristan Bernard, côtoie Maurice Goudeket, le mari de Colette. C'est la particularité de cette rafle (où 13 des hommes arrêtés sont polytechniciens et 55 portent l'insigne de la Légion d'honneur) de rassembler une population socialement homogène. Les professions libérales sont surreprésentées. Ainsi que des commerçants, comme mon grand-père.

Léonce Schwartz, en effet, n'est pas un intellectuel. Il est un petit chef d'entreprise. Il vend de la dentelle en gros, qu'il fait tisser à Bruges. Il est issu d'une famille établie en Alsace, aux origines vraisemblablement allemandes comme celles de la plupart des Juifs de la région, venus dès le Xe siècle d'Italie et s'étant établis à Mayence, puis en Alsace.

Aux XIIIe et XIVe siècles vont se développer pogroms, persécutions, bûchers, après la grande épidémie de peste noire où les Juifs furent accusés de pratiquer des crimes rituels sur des enfants et d'empoisonner les puits. Beaucoup seront chassés des grandes villes comme Colmar et Strasbourg. Ils exercent alors les métiers de colporteurs, tanneurs, ou vendeurs de bestiaux, s'établissent dans de petites communautés, se fondant dans le paysage, avant que la Révolution française, qui fit des Juifs des citoyens à part entière, ne les libère de la semi-clandestinité.

Le premier Schwartz que j'ai repéré, Scheye Schwartz, est né aux alentours de 1600 dans le village de Westhoffen dans le Bas-Rhin, resté, pendant de nombreuses décennies, le berceau de la famille Schwartz. Son cimetière, dont les tombes ont été recouvertes de croix gammées en décembre 2019, témoigne de la longue présence à Westhoffen de bien des familles juives, comme les Debré ou les ancêtres de Léon Blum. Dans un article très documenté du *Nouvel Observateur*[1], Claude Weill décrit « un bourg trapu à l'écart de la route qui mène de Strasbourg à Saverne », où restait alors une belle synagogue désaffectée, un des vieux cimetières juifs de la région, 1 591 âmes et un seul Juif.

Léonce, lui, est né à Paris, le 30 avril 1878, fils d'Isaïe Schwartz âgé alors de 44 ans, lui-même né en 1833 à Strasbourg – et donc, un des premiers à s'être émancipé de la vie à Westhoffen –, professeur de musique et compositeur (ses partitions étaient jouées, dit-on, à la synagogue de Strasbourg).

Léonce, donc, était un bel homme, dont il ne me reste que deux photos jaunies qui étaient sur le bureau de mon père, apparemment prises dans les années 30, en costume trois-pièces. Il porte, à l'auriculaire de la main droite, un anneau d'or en forme de serpent, dont l'œil est un minuscule saphir. Je l'ai toujours vu

1. Numéro 1825, spécial Est, du *Nouvel Observateur*, en date du 28 octobre 1999.

à la main de mon père, et l'ai porté des années à mon tour après sa propre mort, en 1980, comme je l'aurais fait d'une chevalière, témoin d'une descendance remarquable. En 1941, Léonce a 63 ans, fait partie de la société juive aisée, qui dirige une entreprise, vit confortablement et joue au bridge. Ce qui suffit à faire de lui un suspect, ce 12 décembre 1941, dans cette effrayante parenthèse moyenâgeuse en plein XXe siècle. Un suspect, ou à tout le moins une cible voulue.

La journée est interminable, rythmée par les derniers arrivants. Vers 19 heures, on apparie les captifs deux par deux, avant de les faire sortir du manège, poussés par des soldats qui crient, les frappent d'un coup de crosse ou les bousculent de la pointe de leur baïonnette. De nouveau, ils s'entassent dans des autobus et traversent Paris une fois encore. La ville est déserte, car le couvre-feu a été fixé à 18 heures après les attentats. Léonce et ses compagnons, sous la garde d'un soldat au fond du bus et de deux ou trois autres sur la plate-forme, regardent Paris défiler, en se demandant quand ils pourront à nouveau jouir du paysage en hommes libres. Le transfert est long, seuls quatre autobus font la navette à tour de rôle.

Les prisonniers arrivent gare du Nord, et la masse des prisonniers va grossir. Avec force cris, les militaires allemands poussent devant eux 300 autres personnes. Pour la Gestapo, ils devaient être 1 000 arrêtés ce jour-là, et ils avaient déjà complété le contingent dans la journée par l'arrestation d'une quarantaine de Juifs, au hasard dans les rues de Paris, arrivés sans bagages, avec ce qu'ils avaient sur le dos au moment de leur interpellation. Mais la rafle n'ayant pas, là non plus, fourni le rendement attendu, ils ajoutèrent donc ces 300 Juifs pour la plupart étrangers, internés depuis mai ou août à Drancy. Ils sont reconnaissables à leurs vêtements sales, leurs silhouettes maigres, leurs mines pâles, et contrastent avec les bourgeois dont les habits sont couverts de la poussière du manège. On ne fera bientôt plus de différence entre eux, sinon par la perception qu'ils ont de leur identité juive.

On va les entasser dans un train. Va-t-on leur faire quitter la France ? Pour l'heure, c'est du manque d'eau qu'ils souffrent principalement. L'un d'eux, avisant un *Feldgendarme*, se risque à demander « *water, please ?* », vite corrigé par ses camarades qui chuchotent, inquiets, « *bitte, bitte* ». « *Wasser, bitte* », rectifie en hâte le malheureux, mais le soldat n'a rien entendu ou compris.

Les voilà dans des wagons de troisième classe non éclairés, empilés, leur barda sur les genoux. Mais au moins sont-ils assis. Encore des délais, encore de l'attente. Certains même se plaignent, comme des voyageurs agacés des retards…

Le train finit par s'ébranler, il est près de 23 heures. Il ne va pas bien vite, mais ni Léonce ni ses compagnons ne peuvent lire dans l'obscurité le nom des gares traversées. Peu après, arrêt brutal : « COMPIÈGNE », distinguent les prisonniers sur l'un des panneaux du quai. Léonce, comme les autres, est soulagé de voir qu'on ne s'éloigne guère de Paris…

Pas de quai, chacun descend comme

il peut sur le ballast, sa valise à la main. De nouveau la bousculade, de nouveau les ordres impatients et les coups de crosse ou les coups de pied qui frappent au hasard. Ils patientent encore, dans la boue et sous la pluie froide qui s'est mise à tomber. C'est par deux qu'ils quittent la gare, titubant au terme de cette journée exténuante. Que ressentent ces hommes, dont la majorité ont plus de cinquante ans et sont moulus de fatigue ? Sans doute de la détresse et déjà un sentiment d'indignité, d'être conduits ainsi comme du bétail, dans le noir. Ce n'est que le début.

La marche est éprouvante, les hommes butent les uns sur les autres, la valise de l'un cognant la jambe du voisin. Ils marchent quatre à cinq kilomètres, traversent Compiègne désert, les plus faibles se voyant arracher leur valise confiée à de plus costauds ou plus jeunes. Les coups pleuvent sur ceux qui lambinent, les cris sont incessants, les chiens aboient. Le vacarme est infernal dans la nuit. Les habitants de Compiègne se rappelleront longtemps le bruit de cet étrange cortège qui arrive enfin devant un grand portail fermé par de lourdes grilles balayées par les projecteurs aveuglants des miradors. Elles s'ouvrent pour laisser passer ces 1 043 détenus. Dont Léonce, mon grand-père.

On leur donne un matricule, on les pousse dans de grands bâtiments rectangulaires où ils entrent par petits groupes d'une trentaine. Des chambrées de caserne ? Non : au sol, de la paille. Les prisonniers se jettent sur la première botte venue et s'y laissent tomber lourdement, sans enlever leurs manteaux, tant le froid pique déjà cette nuit-là. Ils sont épuisés. Ils n'ont ni mangé ni bu. Il est plus de 2 heures du matin, cela fait près de vingt-quatre heures qu'ils ont été arrêtés. Nous sommes le 13 décembre 1941. Les grilles du *Frontstalag 122* peuvent se refermer, le chargement attendu est arrivé.

2

Le « camp des Juifs »

Réveil et violent retour à la conscience, au bout de quelques heures de mauvais sommeil. Avec la course aux latrines, qu'ils apprendront à fuir autant que possible. Le froid, qui sera avec la faim leur compagnon de malheur, est transperçant. Léonce a deux couvertures, mais ce n'est pas le cas de tous, notamment de ceux arrêtés la veille, hors de leur domicile et qui n'ont pas pu prendre de bagage. Un détail qui rassure d'ailleurs ceux qui vont apprendre à saisir le moindre indice pour combattre leurs craintes : les Allemands ne peuvent vouloir déporter vers l'Est des prisonniers dépourvus de vêtements chauds ! Il s'agit donc sûrement d'une mise en scène pour les effrayer, ou tout au moins d'une situation très provisoire ! La naïveté qui leur fait imaginer une quelconque humanité des nazis ne fait que débuter…

Ils se trouvent au camp de Royallieu, à quelques kilomètres de Compiègne. C'est le troisième camp organisé en France après le camp de concentration du Struthof, en Alsace, ouvert en mai, et le plus grand camp d'internement en France que fut Drancy, ouvert lui en août, point de passage, au fil de la guerre, de neuf Juifs sur dix avant leur déportation dans les camps d'extermination.

Les Allemands voulurent-ils, par symbolique historique, installer un camp à cet endroit en souvenir de l'humiliant armistice signé le 11 novembre 1918 dans un wagon à Rethondes, sur la commune de Compiègne ?

Ce lieu-dit de Royallieu est ancien. Au XIIe siècle, la reine Adelaïde, veuve du roi capétien Louis VI, dit « le Gros », fit construire une maison royale, d'où le nom de Royal-Lieu, où les rois de France passèrent l'été jusqu'à sa destruction par les Anglais en 1430. Avant la guerre de 1914, on y construisit des casernes, transformées en hôpitaux militaires durant la « drôle de guerre ». En juin 1940, les Allemands y installent des prisonniers de guerre français et britanniques dans ce qu'ils appellent le *Frontstalag 122*, avant de consacrer les bâtiments à des civils.

Royallieu est un grand quadrilatère de 16 hectares, entouré de murs et bordé à l'est par la route venant de Paris.

Je m'y étais rendue une première fois avant d'écrire ce livre, comme un pèlerinage initiatique. J'y suis retournée début octobre 2019, imprégnée des récits des prisonniers. Je voulais revoir la topographie du camp.

De cette immense étendue, il ne reste que trois grandes baraques et un jardin, piqueté de stèles mémorielles. Un espace rétréci, à taille humaine, qui ne permet pas d'imaginer les tragédies qui s'y sont nouées. J'ai parcouru encore une fois ces bâtiments rectangulaires, aux murs de briques et aux toits de tuiles, qui retracent intelligemment toute l'histoire du camp de Compiègne, du wagon de Rethondes aux dernières déportations d'avant la Libération, des traces laissées par les « notables » de 41-42 aux poèmes de Robert Desnos, passé par ce camp en tant que Résistant, puis déporté en avril 1944 et mort à Theresienstadt.

Les parois sont nues, on a gratté les multiples couches de peinture pour tenter d'y découvrir les traces du passage des déportés. Mais ces bâtisses sont aujourd'hui plus semblables à des casernes désaffectées qu'à un camp de concentration, et sont devenues le siège d'un musée mémorial fort bien conçu, dépendant de la mairie de Compiègne.

L'histoire de ce lieu est moins souvent relatée que celle de Drancy[1], plus grand par la taille et par son statut d'antichambre d'Auschwitz. La destination de Royallieu va toutefois devenir, pour la plupart des prisonniers juifs qui viennent d'y entrer, la dernière étape avant les camps d'extermination de Pologne. C'est aussi de ce camp que partiront, tout au long de l'Occupation, tous les convois de déportation dits de « répression » pour les prisonniers,

1. À Drancy sont passés l'essentiel des 76 000 déportés juifs de France entre 1941 et 1944, dont seuls 2 000 sont revenus.

Juifs ou Résistants arrêtés en représailles des attentats antiallemands.

Il y avait trois camps distincts à Compiègne-Royallieu. Deux, voire trois de prisonniers civils : le camp A, le plus proche du portail d'entrée, celui des politiques, dit aussi le camp des « Français », où étaient regroupées 3 000 personnes, principalement des communistes. Lui faisant face, les baraquements du camp B ouvert en mai 1941, après la rupture du pacte de non-agression entre l'URSS et l'Allemagne nazie et l'invasion du territoire soviétique. S'y trouvaient des prisonniers russes blancs et rouges, arrêtés sur le territoire français. Puis, plus loin, le camp américain, installé après l'entrée en guerre des États-Unis qui précédait de peu la rafle dont nous parlons. Enfin, tout au fond, le troisième camp, le camp C, à l'écart des autres, isolé par une double rangée de barbelés. L'on risquait la mort à trop s'en approcher, fauché par une rafale de mitraillette venue des miradors. Il y avait sept bâtiments dans ce camp appelé « camp des Juifs », soumis à un régime spécial, de famine, de saleté et de secret. C'est celui où Léonce et ses compagnons étaient arrivés au soir du 12 décembre.

Les communistes, les Russes, les Américains étaient mal nourris, mais alimentés tout de même, et recevaient lettres, colis et visites. Ce n'était pas le cas du « camp des Juifs ». C'était un camp très dur, dont la sévérité était celle d'un camp nazi. Le seul camp en France sous la tutelle directe des Allemands (avant qu'ils ne prennent aussi en charge le camp de Drancy en juillet 1943). Royallieu servait surtout à l'internement des adversaires politiques du Reich, les « agitateurs » communistes, puis les Russes après l'invasion allemande d'août 1941. Il va devenir le camp de douleur des Juifs. La majeure partie des personnes arrêtées pour activité antiallemande transite alors par Compiègne avant de se retrouver à Drancy ou déportée dans les camps de concentration et d'extermination du Reich.

Difficile de se représenter le cauchemar qu'y ont vécu Léonce et ses compagnons de détresse. Car le camp C, pas plus que le B – sur l'emplacement duquel s'élève aujourd'hui un hôpital –, n'existe plus.

Il s'étendait au-delà de la haie, où se trouvent désormais des petites maisons de résidents compiégnois, avec jardins et tricycles sur la pelouse.

Or, les conditions de détention sont d'autant plus dramatiques que pendant les deux premiers mois, le « camp des Juifs » est gardé au secret. Les familles ignorent où se trouvent leurs parents. Il est interdit d'écrire ou de recevoir correspondance ou paquetage. C'est grâce à la générosité des détenus politiques et des internés russes que quelques colis et quelques lettres parviennent au camp C par leur intermédiaire, jusqu'à fin janvier 1942, où le nombre de colis que les camps A et B peuvent recevoir sera limité, les Allemands ayant eu vent du stratagème.

Chaque bâtiment – ou block – du « camp des Juifs » contient plusieurs chambrées. Ce sont des pièces de 6 mètres de large et de 15 à 16 mètres de long. Elles étaient prévues pour contenir 16 soldats, ils seront 30 à 35 détenus par chambre. Pas de lits le premier mois, mais pour tout mobilier, 3 centimètres de paille sur le sol en ciment. Ce n'est que vers le 13 janvier que seront installés des châlits avec une pauvre paillasse, tellement mince que les arcs en fer qui tenaient le châlit blessaient les corps décharnés.

Mais je vais trop vite, nous n'en sommes qu'au petit jour du 13 décembre, à la découverte du camp par Léonce et ses compagnons. Selon le décompte de Serge Klarsfeld, ils étaient ce matin-là 390 commerçants et directeurs de société, 322 artisans, 91 ingénieurs, 63 médecins et dentistes, 33 pharmaciens et chimistes, 31 étudiants, 27 professions libérales, 16 avocats, 11 professeurs et 53 sans profession.

Les fenêtres sont brisées et laissent passer le froid glacial. Durant cet hiver 41-42, les températures restèrent longtemps autour de moins 20 degrés. Pas de chauffage, un poêle installé au milieu de la chambrée pouvant contenir des bûches d'1,50 mètre qu'il faut couper sans scie pour dispenser une maigre chaleur, deux heures par jour, dans des locaux où la température descend souvent au-dessous de 0. Pas d'éclairage, au début en tout cas. Si bien qu'il leur fallait rester seize à dix-sept heures sans lumière, et sans rien pour occuper l'esprit. Les disputes entre ceux qui choisissaient la fumée et ceux qui préféraient encore l'air glacé étaient nombreuses. Où Léonce avait-il sa paillasse ? Près du poêle, ou faisait-il partie des malheureux particulièrement exposés, qui se trouvaient au froid et à l'humidité près des ouvertures ?

Chaque pièce était sous l'autorité d'un chef de chambrée désigné par les internés eux-mêmes, qui avait pour mission de faire régner l'ordre et veiller à ce que les détenus se rendent deux fois par jour à l'appel. Ces chefs de chambrée passaient le plus souvent la main au bout de quelques semaines, épuisés. Eux-mêmes étaient supervisés par un chef de block, en charge de distribuer les « repas ». Tous nommés par les responsables allemands – qui voyaient très rarement les détenus et résidaient à l'extérieur du camp – avec pour seule condition de savoir parler leur langue. Beaucoup étaient généreux, partageux, veillant à ce que chacun reçoive sa ration de nourriture. Quelques-uns étaient désagréables ou malhonnêtes, prélevant plus que leur part des repas qui allaient devenir très vite le centre de l'attention.

Dannecker vint au camp trois jours après l'arrivée. Excité, bourré de tics, précédé par le *Sonderführer* Kuntz, qui était le vrai maître du camp. Ce dernier parlait à peu près le français, ayant été garçon de café à Montparnasse et appartenant sans doute à la « cinquième colonne », les espions à la solde des nazis. Des gardiens le secondaient ; deux d'entre eux, Erich Jäger et Andreas Schröder, étaient surnommés « hommes-chiens » par les prisonniers. J'ai vu leurs photos dans le jardin du camp : souriants, paisibles, casquette plate et petite moustache, ils n'ont même pas l'air cruel que suggère leur sobriquet.

Il fut annoncé que les invalides à cent pour cent devaient se rassembler. Le médecin chef allemand, le major Furtwängler, distingué, élégant, était un homme d'une rare cruauté. Les grands malades furent pourtant libérés dans les jours qui suivirent l'arrivée, en dépit des « plaisanteries » du major, qui se faisait l'écho du général von Stülpnagel qui annonçait – dès le 14 décembre 1941, deux jours après la rafle – non seulement un avis d'imposition pour les Juifs d'un milliard de francs, mais aussi que les internés – « les criminels judéo-bolcheviks » – seraient déportés vers l'Est : « Un cœur malade ? Excellent sur le front russe ! », « Des rhumatismes invalidants ? Rien de mieux pour guérir que le climat de la Russie »... Pourtant, les 18 et 20 décembre, 73 détenus considérés comme de très grands malades et 20 hommes de plus de 65 ans furent libérés, ainsi que 15 autres sur ordre spécial. Ces libérations groupées furent l'exception pendant trois mois. Il y eut ici ou là des libérations individuelles, souvent d'hommes en si mauvais état que les Allemands préféraient les voir mourir à l'hôpital. La mort dans ce camp de « notables » faisait mauvais effet auprès de Vichy. Et à l'époque, cela comptait encore un peu.

La première découverte des prisonniers le lendemain de l'arrivée fut les toilettes du camp. C'était une construction en briques longue de 6 mètres et de 1 mètre à 1,50 mètre de large. Avec un emplacement pour mettre les pieds de chaque côté des cinq malheureuses cavités en nombre très insuffisant pour mille détenus. L'air y circulait, dispensant un froid continu, la saleté en était repoussante et l'odeur abominable. C'était une véritable souffrance morale et physique d'aller aux toilettes, et la constipation devint une sauvegarde au point que des occlusions intestinales durent être soignées en urgence à l'infirmerie. Jusqu'à ce que l'épuisement et la maladie donnent aux détenus une dysenterie incontrôlable…

Les lavabos étaient eux aussi répugnants : une auge en pierre (qui servait d'urinoir la nuit) où coulait un filet d'eau glacée, sans compter les jours où les tuyaux avaient gelé et qu'aucune goutte d'eau ne sortait des vieux robinets. Les discussions ont vite tourné autour de l'arbitrage à faire entre propreté et froid. Ceux qui y faisaient une toilette complète s'exposaient à tomber malades et certains internés préférèrent souvent ne pas se laver plutôt que risquer la pleurésie.

Si bien que, très vite, la vermine fit son apparition. Les poux infestaient la paille de couchage, et se propageaient à travers les vêtements sales. À force d'être grattés, les corps des internés étaient couverts de plaies. Une seule fois en trois mois, les détenus iront à la douche, située dans le camp russe, pendant que les vêtements seront soi-disant désinfectés. Les douches étaient largement insuffisantes elles aussi, quelques minutes à six sous le même robinet, et l'obligation d'enfiler à nouveau les vêtements peu ou mal stérilisés, et tout autant remplis de poux, annulait le maigre réconfort qu'elles auraient pu procurer.

Léonce n'avait emporté, comme ses camarades, que peu de linge et peu de vêtements. Au bout de quelques jours, le manque de savon aidant, le linge qu'ils ne quittaient pas nuit et jour s'est retrouvé souillé ; les costumes dont ils étaient vêtus n'étaient pas faits pour résister au froid ; le manque de chaussettes et de chaussures solides a été la cause de bien des souffrances. Les engelures sont très vite apparues. Non soignées, les crevasses se transformaient en plaies ouvertes, en œdèmes qui gonflaient mains et pieds, et en menace de gangrène. Les corvées de balayage et vidage des tinettes sont devenues très pénibles. Plus encore, les appels matin et soir, deux fois par jour dans la neige, les pieds plus ou moins protégés, étaient cause d'évanouissements et d'atroces douleurs.

« *Raus ! Raus !* », les hurlements devinrent vite familiers. Ces appels duraient de trois quarts d'heure à deux heures trente, supposaient plusieurs comptages qui ne tombaient jamais juste et s'achevaient toujours par les détenus du camp C qui attendaient longtemps dehors, quel que soit le temps, que l'appel soit terminé dans les autres camps de Royallieu. Les malades en étaient dispensés par les chefs de chambrée, mais parfois, les sous-officiers allemands entraient, renversaient les lits, battaient les détenus pour les obliger à sortir, pieds nus, ne pouvant plus se chausser.

Avec le froid et la saleté, la famine représentait la troisième arme aux mains des Allemands pour transformer les détenus de Compiègne en spectres. Le matin à 8 heures, ils avaient droit à un jus infâme, appelé ironiquement « Boldo[1] » par les

1. Diminutif de Boldoflorine, célèbre tisane pour le foie, créée en 1933.

détenus, et qui n'avait que le mérite d'être chaud.

À 13 heures, la seule soupe de la journée. Convenable les deux premiers jours qui suivirent l'arrivée au camp, elle devint très vite de plus en plus claire : du liquide, quelques navets ou carottes, de l'orge perlé, des pois cassés. Parfois, un morceau de viande de la taille d'une noix y surnageait.

Le pain était le trésor de la journée et devait s'économiser jusqu'au lendemain : une boule de 800 grammes à partager en cinq ou six avec une dizaine de grammes de margarine ou de confiture.

À 17 heures, le « thé » chaud du soir ressemblait comme un frère à la « tisane » du matin. Comment s'étonner alors que la nourriture soit devenue très vite une obsession ?

Il faut lire, publiés la plupart par la Fondation pour la Mémoire de la Shoah ou la FFDJF, les journaux des déportés. Comme celui de François Montel. Il est arrivé à Compiègne plus tard que la majorité des 743, mais y a vécu les mêmes souffrances, venu de Drancy et y retournant avant sa déportation et sa mort à Auschwitz en août 1943. C'était un homme remarquable. Avocat brillant, auteur de plusieurs recueils de poésie, il s'était signalé très bravement en juin 1940 comme volontaire dans les combats en France. Il fut fait prisonnier en Allemagne en 1940, libéré en mars 1941, puis arrêté lors de la rafle des 20-23 août qui avait concerné une quarantaine d'avocats comme lui.

La lecture de son journal, publié avec celui de Georges Kohn dont je parle plus loin, m'a vivement émue. Cet homme, comme certains prisonniers de Compiègne à la force morale exceptionnelle, trouve son refuge dans la littérature en écrivant avec passion sur Gide, Villon, Nerval ou sur la vie quotidienne sous Saint Louis. La résistance psychique a des ressorts mystérieux. « Ce qu'il avait en lui était plus fort que ce qui s'est abattu sur lui. François Montel a été écrasé, mais il n'a pas été vaincu », a écrit Klarsfeld dans son introduction aux écrits de cet homme remarquable[1].

1. François Montel, *Journal de Compiègne et de Drancy*, Éditions FFDJF, Paris, 1999.

Léonce Schwartz, mon grand-père, avant la guerre.

Harcourt

Mes grands-parents,
Léonce et Marguerite.

PARIS . HOPITAL . VAL . de . GRACE
1ère RM
REGISTRE . ENTRÉES . Jours . Pairs
14.2.42 au 18.6.42
TERRITOIRE
PAIRS

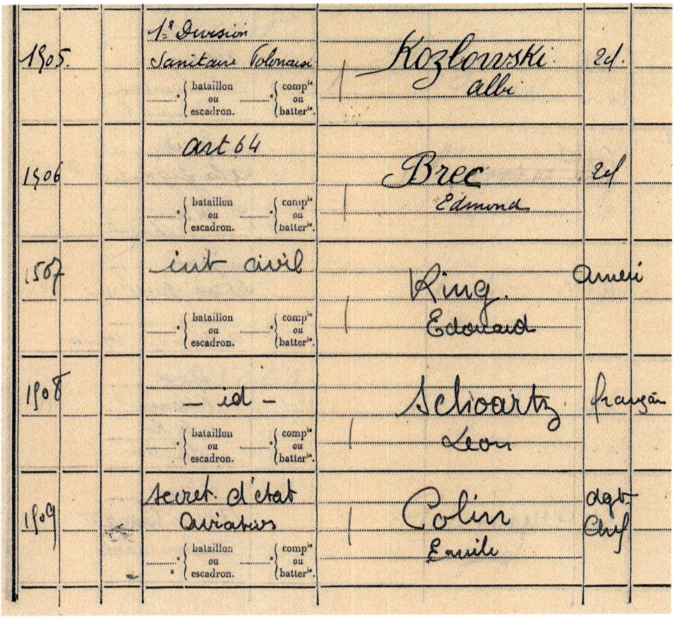

1905.	1re Division Sanitaire Polonaise — bataillon ou escadron. — compie ou batterie.	Kozlowski Albi	2ef.
1906	art 64 — bataillon ou escadron. — compie ou batterie.	Brec Edmond	2ef
1907	int civil — bataillon ou escadron. — compie ou batterie.	King. Edouard	améri
1908	– id – — bataillon ou escadron. — compie ou batterie.	Schoartz Léon	français
1909	secret. d'état aviation — bataillon ou escadron. — compie ou batterie.	Colin Emile	dgt. chef

Le registre des entrées au Val-de-Grâce,
où Léonce Schwartz (orthographié *Léon Schoartz*)
est transféré comme interné politique,
le 24 février 1942.

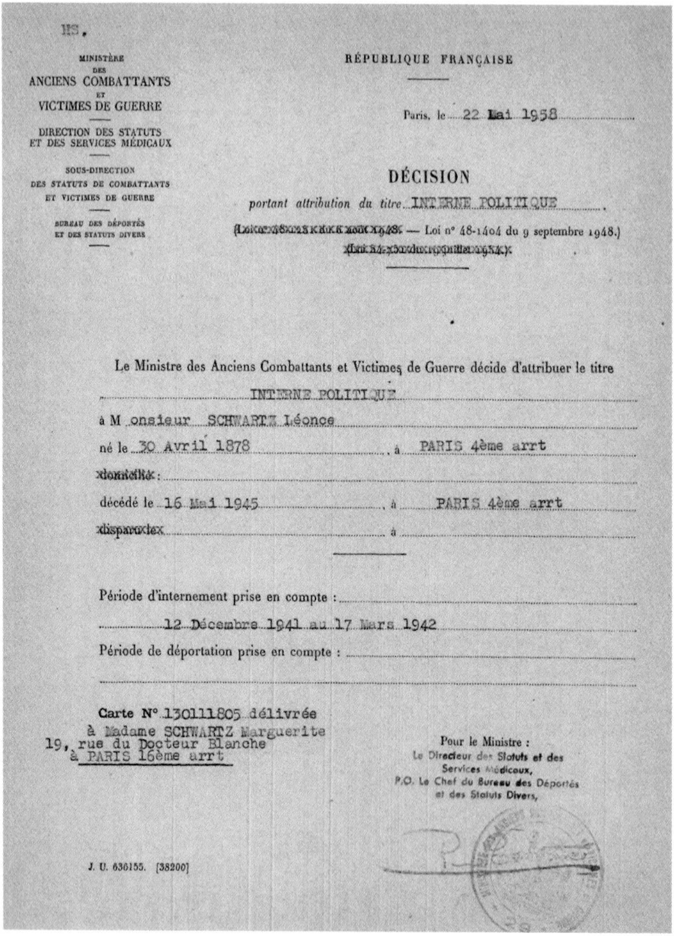

HS.

MINISTÈRE
DES
ANCIENS COMBATTANTS
ET
VICTIMES DE GUERRE

DIRECTION DES STATUTS
ET DES SERVICES MÉDICAUX

SOUS-DIRECTION
DES STATUTS DE COMBATTANTS
ET VICTIMES DE GUERRE

BUREAU DES DÉPORTÉS
ET DES STATUTS DIVERS

RÉPUBLIQUE FRANÇAISE

Paris, le 22 Mai 1958

DÉCISION

portant attribution du titre INTERNE POLITIQUE.

— Loi n° 48-1404 du 9 septembre 1948.)

Le Ministre des Anciens Combattants et Victimes de Guerre décide d'attribuer le titre INTERNE POLITIQUE

à M onsieur SCHWARTZ Léonce

né le 30 Avril 1878 à PARIS 4ème arrt

~~domicilié~~ :

décédé le 16 Mai 1945 à PARIS 4ème arrt

~~disparu le~~ à

Période d'internement prise en compte :

12 Décembre 1941 au 17 Mars 1942

Période de déportation prise en compte :

Carte N° 130111805 délivrée
à Madame SCHWARTZ Marguerite
19, rue du Docteur Blanche
à PARIS 16ème arrt

Pour le Ministre :
Le Directeur des Statuts et des Services Médicaux,
P.O. Le Chef du Bureau des Déportés et des Statuts Divers,

J. U. 636155. [38200]

Attribution posthume du titre d'interné politique à Léonce, adressée à ma grand-mère en 1958.

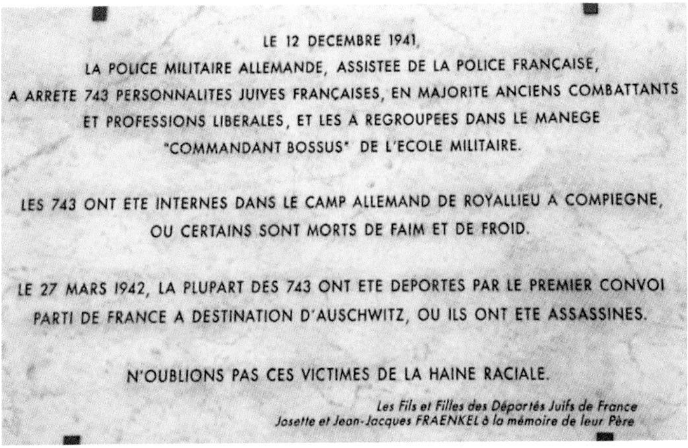

Plaque commémorative, place de l'École-Militaire,
en mémoire des 743 Juifs français arrêtés
le 12 décembre 1941 lors de la rafle des notables
et internés à Compiègne-Royallieu.

Un dessin poignant de Léonce,
réalisé au Val-de-Grâce par un camarade de détention,
malheureusement resté inconnu de moi…
On y voit le brassard avec le numéro 3450,
matricule attribué à mon grand-père.

Le dentiste Benjamin Schatzman en est un autre, quoique très différent. Arrêté le 12 décembre, passé par Compiègne, Drancy, Pithiviers, Beaune-la-Rolande, il fut finalement déporté à Auschwitz dont il ne revint pas. Son témoignage est un concentré d'informations et d'émotions, relatant avec minutie et grandeur les insuffisances nutritives et les troubles fonctionnels qu'elles entraînent. Il tint non seulement un journal durant sa captivité en France – qui se termine tragiquement par un dernier billet jeté du train de déportation à Chalon-sur-Saône – mais il rédigea aussi des notes et réflexions qui sont une mine pour comprendre ce que fut la vie dans ce camp à 70 kilomètres de Paris.

Du régime alimentaire du « camp des Juifs » du *Frontstalag 122*, Schatzman dit en permanence que c'était la torture par la faim. « Je vis dans un état de besoin de manger continuel. Il s'ensuit que ma pensée est constamment tendue vers la nourriture du corps [...]. C'est une véritable lutte et un arrachement pour arrêter de manger ce pain. Non seulement je l'attends avec une douloureuse impatience, avec la sensation de vertiges, mais j'ai énormément de mal à m'arrêter, car il me faut absolument en laisser pour le lendemain matin et midi. Représentez-vous cette sensation quand je vous dirai que cette quantité de pain suffirait à peine pour le goûter[1] ! »

Dans les lettres échappées du camp C et parvenues aux familles par l'entremise des autres prisonniers, et dans les demandes de colis qui arrivaient par la même voie au compte-gouttes, les malheureux quémandaient les médicaments qui auraient pu les soulager et dont ils étaient privés. Mais ils détaillaient surtout leurs pauvres menus et la liste des sardines, du chocolat ou des quignons de pain qui les faisaient rêver à des colis imaginaires, devenus de plus en plus rares.

1. Benjamin Schatzman, *Journal d'un interné, Compiègne, Drancy, Pithiviers, 12 décembre 1941-23 septembre 1942*, vol. I et II, Éditions Le Manuscrit, collection « Témoignages de la Shoah », Paris, 2005. Réédité chez Fayard en 2006. Le document original se trouve au Mémorial de la Shoah.

François Mauriac, dans une critique émue, publiée à la sortie du livre de Jean-Jacques Bernard[1], décrivait ce camp « sans travaux forcés, sans tortures, sans extermination, mais (où) le bourreau demeurait invisible : il ne s'agissait que de laisser ses victimes mourir peu à peu de faim ». Et Serge Klarsfeld d'insister : « La faim et la maladie faisaient les mêmes ravages que dans les camps en Pologne. Mais seul dans l'Europe occupée à n'avoir pas de politique active d'extermination, et où il y avait une population à peu près également éduquée, Compiègne fut un camp où l'on écrivit beaucoup. C'était un des seuls moyens de ne pas devenir fou[2]. »

De l'avis général de ceux qui ont survécu, la solidarité des Russes et des communistes français a seule, dans les premiers temps, permis de limiter à une quarantaine de morts les victimes de ces trois mois de détention barbare (sans compter le nombre des mourants évacués et morts à l'hôpital

1. Jean-Jacques Bernard, *op. cit.*
2. Entretien avec l'auteur, août 2019.

ou chez eux après leur libération). C'est presque un miracle dans ce camp C dont le régime était calqué sur les camps nazis en Europe de l'Est. Jean-Jacques Bernard ne s'y est pas trompé qui a titré son témoignage *Le Camp de la mort lente.* Cela restera le surnom le plus juste donné à Compiègne-Royallieu.

La débrouillardise et la chance permirent à des conjoints des raflés du 12 décembre de connaître leur destination.

Pendant de longues semaines, ma grand-mère Marguerite ne sut rien de l'endroit où Léonce était détenu, et chercha, dans toute la France, les traces de l'époux enlevé en pleine nuit. Avant d'obtenir, comme sa voisine, Mariette Engelmann, un renseignement qui lui permit de localiser le camp de Compiègne. Elle tenta de joindre quelques personnes qui pouvaient avoir des relations avec l'État français. Elle ne fut pas la seule, Vichy fut submergé de suppliques. Ce fut même, selon l'historien Laurent Joly, un choc pour le gouvernement de collaboration qui voulait protéger les anciens combattants, et ne voulait « pas embêter les vieux Juifs français » – comme les appelait l'amiral François Darlan[1] – assimilés depuis longtemps[2], voyant bien le risque que l'opinion publique s'indigne de ces arrestations de nationaux de longue date. Et puis, il y avait une sorte d'identification sociale entre les sommités de Vichy et les élites de la société française arrêtées[3]. Xavier Vallat, le commissaire général aux Questions juives (remplacé dans l'année 1942 par Darquier de Pellepoix, plus docile encore aux Allemands), émit donc une protestation qui n'eut aucun effet. Il demanda la libération des anciens combattants et des personnes les plus âgées. Mais les autorités allemandes se refusèrent à toute intervention. Seul Fernand de Brinon, le délégué du gouvernement de Vichy en zone occupée, fut habilité à intercéder auprès des autorités occupantes pour des libérations exceptionnelles[4]. Pour Vallat, comme

1. Darlan, chef du gouvernement de Vichy depuis février 1941, avant le retour de Pierre Laval en avril 1942.

2. Voir Laurent Joly, *L'État contre les juifs, op. cit.*

3. *Ibid.*

4. Voir, plus haut, les libérations des personnes âgées ou malades du 20 décembre.

le notent Marrus et Paxton ou Laurent Joly, cette rafle était une « grave erreur psychologique » qui sapait les efforts de Vichy pour préparer un « climat favorable à l'antisémitisme »[1]. Pour Xavier Vallat et l'amiral Darlan, il était contre-productif de s'en prendre aux Juifs français assimilés alors qu'il y avait tant de Juifs étrangers notamment en zone libre. Ce fut un tournant qui décida d'ailleurs l'État français à durcir sa politique contre les Juifs étrangers et à convaincre les Allemands de les en débarrasser.

Le camp était sous administration militaire directe des Allemands. Non pas des SS, mais de la Wehrmacht. Toutefois, la Gestapo – avec son chef Dannecker – avait seule l'autorité pour décider de la libération des détenus. Et ceux qu'on a longtemps présentés – c'est désormais de moins en moins le cas dans les travaux actuels des historiens – comme les « gentils soldats de l'armée régulière » n'avaient visiblement pas grand-chose à envier aux cruels SS.

1. Marrus et Paxton, *op. cit.*

3

Vivre et mourir à Compiègne

Léonce comprend vite que la résistance commence par celle du corps, qu'il s'agit de maintenir en bon état le plus longtemps possible, en s'astreignant notamment à une certaine hygiène. La nécessité de ne pas se laisser aller était aussi indispensable que celle de marcher ou de parler. Une vraie gageure quand on doit partager un morceau de savon avec des camarades, fussent-ils généreux, quand on a peu de linge de rechange, que le filet d'eau glacée coulant dans les lavabos permet à peine de laver les chaussettes qui, elles-mêmes, deviennent un rempart bien insuffisant pour éviter les engelures, crevasses et plaies de cet hiver glacial.

La vie à Compiègne nous est connue par les récits d'après guerre ou la correspondance des détenus. Hélas, je n'ai retrouvé aucune lettre que mon grand-père réussit à transmettre à sa femme, Margot. Beaucoup de correspondances sont conservées au Mémorial de la Shoah, et elles sont poignantes. Et la plupart des chroniques qui nous sont parvenues et dont je donne les références ont été publiées par la Fondation pour la Mémoire de la Shoah, grâce à Serge Klarsfeld qui voulut édifier ce qu'il appelle lui-même, dans une de ses préfaces, un « monument de papier ».

Les narrations sur les trois mois de calvaire sont de deux sortes : les uns ont choisi de privilégier le moral élevé des détenus, la conduite irréprochable et la générosité de la grande majorité. C'est le cas en effet de Jean-Jacques Bernard ou Roger Gompel[1]. Volonté de donner une image digne, voire idéalisée, de ces mois de souffrance où les nazis réduisaient les hommes à l'état de bêtes, y compris dans leurs instincts les

1. Roger Gompel, in *Le Camp juif de Royallieu-Compiègne, 1941-1943*, *op. cit.*

plus quotidiens ? D'autres, comme Benjamin Schatzman, déjà cité, Henri Jacob-Rick ou Georges Wellers[1], se veulent plus réalistes. Benjamin Schatzman a laissé un récit bouleversant à travers son journal, interrompu par la déportation. « Un homme exceptionnel », dit de lui Serge Klarsfeld dans son introduction à la publication des journaux, notes, correspondance et souvenirs de cet homme aux idéaux élevés et à l'histoire hors du commun.

Né en Roumanie en 1877, il fit avec ses parents son *alya*[2] en Palestine où, à l'école, il apprend le français. À 20 ans, il est en France où il devient ingénieur agronome, repart en Palestine puis, déçu, émigre en Nouvelle-Zélande. À 28 ans, il regagne la France. Nous sommes en 1905. Il entreprend alors des études de chirurgien dentiste, ouvre un cabinet rue de Courcelles à Paris, est l'auteur de découvertes

1. Henri Jacob-Rick ou Georges Wellers, in *Le Camp juif de Royallieu-Compiègne, op. cit.*

2. Ce mot hébreu, qui signifie littéralement « ascension », est employé pour désigner l'émigration d'un Juif en terre d'Israël.

importantes dans son domaine, devient français, se marie et a trois enfants, dont Evry Schatzman, célèbre astrophysicien.

Dans les deux tomes de ses Mémoires[1], il expose longuement les souffrances auxquelles il est soumis, esquisse des études psychologiques sur ses compagnons, et confie ses réflexions sur la vie, l'humanité et le bonheur, ce qui paraît improbable dans cet autre monde où il est tombé. Il découvre la dureté de ses bourreaux et parfois l'égoïsme, voire la bêtise, de certains de ses congénères.

Henri Jacob-Rick[2] passe lui aussi en revue quelques hommes dont l'apparence lui paraît discutable : un voyou au regard fuyant, un beau-père et son gendre qui ne cessent de se chamailler, un homme riche décrit comme un « poseur fini », un « marchand de Dieu sait quoi qui revendait au marché noir de la nourriture récupérée », les batailles pour se partager le « rab », ce qui restait au fond du récipient qui avait contenu la soupe.

1. *Journal d'un interné*, *op. cit.*
2. L'original du journal d'Henri Jacob-Rick est également au Mémorial de la Shoah.

Saül Castro, Juif d'origine turque naturalisé français, décrit lui aussi ces bagarres, parfois pour un morceau de pain : « Ils se jettent dessus comme des loups affamés, une scène épouvantable, indigne d'un être humain. La famine règne à tel point qu'on ferait n'importe quoi pour un bout de pain[1]. »

Plusieurs détenus en effet, au fur et à mesure des jours qui passent, évoquent un climat où chacun ne pense plus qu'à soi, où ne règne plus la camaraderie des débuts. Georges Wellers nuance : selon lui, une vingtaine d'individus se conduisirent mal : « Vols, distribution de nourriture détournée par quelques-uns, trafic honteux des quelques aliments qui leur servaient de subsistance. Les caractères faibles cédaient à l'égoïsme[2]. »

Dans la plupart des témoignages, toutefois, reviennent les noms de ceux dont le

1. Saül Castro, in *Le Camp juif de Royallieu-Compiègne*, *op. cit.*

2. Georges Wellers, *op. cit.* Voir aussi les notes in *Journal de Compiègne et de Drancy*, par François Montel et Georges Kohn, *op. cit.*

comportement fut admiré de tous. Pierre Masse, le grand avocat d'assises, est presque unanimement cité comme une figure admirable de ces mois atroces. Bienveillant, dévoué, serein, il avait même organisé avec d'autres camarades juristes un tribunal pour trancher les conflits de chambrée ! Pierre Masse avait été arrêté en août avec d'autres avocats juifs et interné à Drancy. Il rejoignit Compiègne le lendemain de la rafle des notables, et y retrouva son frère, Roger Masse, polytechnicien et colonel de l'armée française, qui avait été fait prisonnier puis libéré et de nouveau arrêté le 12 décembre. Ces deux frères ont laissé aux autres détenus le souvenir de grandes figures. Ils étaient issus d'une famille où « tous partageaient au plus haut degré le culte de la France et l'amour dc la République », écrivit Robert Badinter dans un émouvant hommage[1].

Pierre Masse s'était déjà signalé lors de la promulgation du Statut des Juifs en octobre 1940, qui leur interdisait notamment

1. Voir le numéro 158 de la revue *Le Débat* de janvier-février 2010, « Mort d'un Israélite français », par Robert Badinter.

d'être officiers. Dans une lettre fameuse au maréchal Pétain il avait alors écrit :

« Je vous serais obligé de me faire dire si je dois aller retirer leurs galons à mon frère, sous-lieutenant au 36e régiment d'infanterie, tué à Douaumont en avril 1916, à mon gendre, sous-lieutenant au 14e régiment de dragons, tué en Belgique en mai 1940, à mon neveu J.-P. Masse, lieutenant au 23e colonial, tué à Rethel en mai 1940 ? Puis-je laisser à mon frère la médaille militaire, gagnée à Neuville St Vaast, avec laquelle je l'ai enseveli ? […]

P. Masse,
Anc. capitaine au 36e RI,
Off. Légion d'honneur,
Croix de Guerre, Anc. Sous-Secrétaire d'État à la Justice militaire[1] »

Je ne trouve pas trace de Léonce dans les récits de ceux qui ont pris des notes tout au long de ces trois mois[2], mais l'adage de la famille Schwartz étant de serrer les

1. Robert Badinter in *Le Débat*, *op. cit.*
2. Si ce n'est la notation le concernant dans le récit

dents et faire preuve de force morale, je veux imaginer la façon exemplaire dont mon grand-père s'est comporté.

Parmi les beaux caractères, beaucoup font aussi un portrait élogieux de René Blum, frère de Léon Blum, homme de théâtre, directeur des Ballets de Monte-Carlo, qui avait rejoint la France après la défaite de 1940, alors qu'il aurait pu rester réfugié aux États-Unis où il se trouvait. « Je suis trop connu et j'appartiens à une famille trop connue pour songer à fuir devant les Allemands, ou pour chercher une protection auprès des gens de Vichy[1] », disait-il avec panache. De nombreux récits font de lui une des hautes consciences du camp, cherchant, même très affaibli, à toujours soulager celui qu'il pensait plus infortuné que lui. À l'inverse, parce que les divisions politiques subsistaient même à Compiègne, des hommes opposés au Front populaire en veulent à la famille Blum, accusée de tous les malheurs

---

que fit Jean-Jacques Engelmann de son arrestation et de son transfert à la mairie du XVIIe. Voir chapitre 1.

1. Jean-Jacques Bernard, *op. cit.*

de la IIIe République. C'est le cas d'Henri Jacob-Rick qui lui trouve une « faconde énorme. Je me suis disputé avec lui car je lui ai dit que nous devions beaucoup à son frère de nous trouver là[1] ». Rares sont ceux toutefois qui souscrivent à ce type de jugement. C'était là la rhétorique culpabilisatrice et mensongère de Vichy.

René Blum fit partie des détenus de Compiègne, transférés à Drancy le 19 mars 1942, puis déportés vers Auschwitz, avec la majorité du contingent du 12 décembre. Georges Wellers cite des camarades qui lui ont rapporté que René Blum avait été emmené tout seul par les Allemands dès la descente du train à Birkenau. Et des témoins, revenus de cet enfer, ont rapporté que cet homme d'une exceptionnelle qualité aurait été jeté vivant dans un four crématoire.

Les médecins juifs internés sont unanimement salués pour leur douceur, leur bonté, leur dévouement. Les docteurs Netter ou Neumann sont repérés à

1. Henri Jacob-Rick, *op. cit.*

l'infirmerie par des malades qui font état de leur abnégation. Ils étaient les supplétifs du major Furtwängler, déjà croisé dans ce récit, et reconnu par tous comme un personnage sadique.

Il refusait d'évacuer les malades, sauf à la dernière extrémité. Et des médecins juifs s'étant émus de l'état pitoyable de certains prisonniers et ayant pris le risque d'alerter les autorités du camp, Furtwängler – dont la devise était « je suis d'abord antisémite, ensuite nazi, ensuite médecin » – les condamna à la prison (eh oui, dans ce camp de douleur, il y avait même une prison) avec pour toute mention : « Ont laissé mourir leurs camarades. » De surcroît, aux demandes de clémence de ces médecins, Furtwängler répondit par un refus, préconisant une « sous-alimentation jusqu'à la fin ». La fin de quoi ?

La générosité des communistes et des Russes fait l'objet des plus grands éloges. Ils prenaient tous les risques pour faire passer aux Juifs une partie des colis qu'ils avaient le droit de recevoir. Ils

« adoptaient » des internés juifs et se chargeaient de même de leur courrier.

Adam Rutkowski[1], auquel on doit l'étude générale sur le camp de Compiègne en 1981 (avec topographie, listes des malades et des déportés), rend hommage au Russe Abraham Alpérine et au sénateur Georges Cogniot. Ce dernier était communiste, agrégé de lettres, rédacteur à *L'Humanité* et chef du camp des politiques. Il organisa une véritable politique culturelle, avant de réussir à s'évader en juin 1942. Alpérine et Cogniot vinrent avec courage et bienveillance en aide au camp C, en organisant et en systématisant les secours, au péril de leur vie.

Le trafic avait lieu la nuit tombée, près des barbelés : boîtes de sardines, biscuits ou fruits secs étaient jetés à la volée, adoucissant à peine la faim de ceux qui fouillaient dans les poubelles du camp pour trouver des pelures d'oranges qu'ils suçaient avec application.

1. Adam Rutkowski, in *Le Camp juif de Royallieu-Compiègne, 1941-1943*, *op. cit.*

Les journées s'écoulent lentement, si lentement. Certains jouent au bridge, d'autres essaient de soigner les engelures qui s'aggravent. Les sujets de conversation tournent sans fin autour des possibles libérations. Les rumeurs circulent à toute allure dans cette microsociété à l'écart du monde, notamment celles de libérations imminentes, toutes démenties dans les jours qui suivent. Celles aussi, très redoutées, des départs vers l'Est, dont tout le monde ignorait d'ailleurs ce que cela signifiait. Les questions torturaient ces hommes protégés pour la plupart jusqu'ici par la vie, « projetés » comme le note Klarsfeld « dans des baraques glacées où l'on crevait de faim, avant d'aller périr dans une chambre à gaz à l'autre bout de l'Europe », et qui passaient leur temps à se demander – au début surtout – ce qu'ils avaient fait pour mériter ce sort cruel.

En décembre, ils ne doutent pas que l'épreuve sera courte : le bruit courait que Kiev était déjà repris aux Allemands, dont la fin serait proche. Une question de jours, de semaines, disaient les optimistes. Mais au fur et à mesure que passent les jours, que l'obsession est de mâcher les pauvres navets ; qu'ils se surprennent à racler les récipients de leurs mains pour récupérer les parcelles de légumes collées à la paroi ; qu'ils s'aperçoivent comme dans un miroir en regardant leurs compagnons décomposés de plus en plus maigres, les pansements maculés et la faiblesse grandissante, le pessimisme gagne. Lors de la toilette, chacun observe en effet sa dégradation dans le corps de l'autre. Ils décrivent les silhouettes nues, affreuses, dont la peau, sans graisse ni muscle, flotte autour du squelette. Ils savent que s'abandonner c'est mourir, mais ils n'ont pas toujours la force de résister.

Schatzman aspire, tout en la fustigeant, à la résignation face aux tourments dont il devine la finalité – « se résigner c'est abandonner sa dignité ». Alors que tous essaient de s'accrocher à l'espoir d'une libération (surtout ceux de 65 ans, âge dont Schatzman s'approche), il laisse entrevoir sa lucidité sur l'extermination programmée, et ne cesse de réfléchir sur la raison du traitement barbare que les Allemands infligent aux Juifs. Voyant la famine faire des ravages et alors que les chambres à gaz n'existaient pas encore, il écrit dans ses carnets que le but réel du traitement subi est l'élimination puisque, dit-il, les internés étaient destinés à devenir des « déchets ». Ce mot de « déchet » court tout au long de l'histoire de la déportation : utilisé par Pierre Laval pour désigner les Juifs étrangers, il se retrouve sous la plume de Robert Antelme, déporté à Buchenwald, alors que Primo Levi, déporté à Auschwitz, emploie d'autres mots, tels que « larves », « loques », « damnés ».

Ayant eu un répit miraculeux de cinq semaines à l'infirmerie du camp russe, Benjamin Schatzman y observe, à la faveur de soins incomplets et insuffisants, une misère et une somme de tourments inoubliables. Mieux, il accuse : « Pourquoi ces êtres humains ont-ils été livrés par l'État français sans aucune apparence de résistance ? On ne peut ni le comprendre ni le pardonner. » Phrase qui fait écho à celle, sans appel, de Roger Gompel, administrateur principal du grand magasin des Trois Quartiers, ancien combattant de la guerre de 14 où il fut gravement blessé et pour laquelle il récolta de multiples décorations : « Que des Français, par calcul sordide ou simple lâcheté, se soient faits les agents complaisants ou les complices muets de telles atrocités, cette trahison fut douloureusement ressentie comme une des ignobles flétrissures de la défaite. »

Les nouvelles des familles, que quelques-uns réussissent à glaner, ne les réconfortent même plus. Le 28 janvier, on annonça l'autorisation des correspondances. Les autorités du camp distribuent alors des cartes préremplies à faire partir aux proches pour demander des vêtements, à l'exclusion de toute nourriture ou médicaments. Un cynisme de plus : ces cartes ne furent jamais postées, elles servirent à alimenter le feu pour réchauffer les Allemands. Il faudra attendre le 12 mars pour que les lettres soient officiellement autorisées, à quelques jours de l'évacuation programmée de Compiègne-Royallieu.

On est abasourdi de découvrir, dans ce décor, au milieu de cette épreuve, une vie culturelle intense dans le « camp des Juifs ».

En tout cas, dans les premiers temps, de fin décembre à fin janvier, jusqu'au moment où la faiblesse devient trop grande pour que les détenus quittent leurs lits.

Presque chaque soir eurent lieu des conférences, dans quelques chambrées, autour du poêle, avant l'extinction de la lumière. Les orateurs, sans papier ni crayon, faisaient une causerie sur leur spécialité, les détenus encore vaillants réussissant à se maintenir debout, les plus affaiblis se regroupant sur les lits de leurs camarades. Extraordinaire et surprenante initiative qui témoigne de la qualité intellectuelle des internés. Ces conférences permettaient aux esprits des orateurs d'éviter l'engourdissement et aux malheureux auditeurs d'oublier leur sort au moins durant une heure.

Blaise Pascal, l'art, l'agriculture, le pétrole, la comptabilité, les possibilités de la science firent partie des sujets de conférences très suivies. L'ingénieur Louis Engelmann, le voisin de Léonce, donna une leçon sur l'électricité ; René Blum sur Alphonse Allais, Tristan Bernard et Courteline ; Jean-Jacques Bernard sur le théâtre ou sur la poésie française au Moyen Âge ;

Georges Ullmo sur les grands procès d'assises ; Jacques Ancel sur l'idée de nation.

Deux sujets étaient proscrits : l'Allemagne, par crainte des mouchards, et le problème juif. Arrêtons-nous sur ce sujet très éclairant qui me paraît être l'originalité d'un camp où la rafle qui l'alimentait avait été pensée comme volontairement homogène. Ce fut en effet un élément de fort clivage, relaté surtout avec intensité par Jean-Jacques Bernard, mais aussi par Georges Wellers[1] et Adam Rutkowski[2].

Il y avait en effet chez ces « Israélites » assimilés, comme la plupart des Juifs français intégrés de longue date dans la société, la volonté de se sentir français à part entière.

1. « Georges Wellers a témoigné de façon inoubliable » – rapporte Serge Klarsfeld dans ses notes in *Journal de Compiègne et de Drancy* de François Montel et Georges Kohn (voir plus haut) – « au procès d'Eichmann à Jérusalem en 1961. Et à celui de Kurt Lischka à Cologne en 1979, rappelant le martyre de milliers d'enfants juifs en France, déportés sous ses yeux en août 1942. » Lischka était chef de la police nazie, *Kommandeur* de la Sipo-SD de Paris. Il fut découvert par les Klarsfeld en 1975. Il était alors avocat et bourgmestre en Bavière.

2. Adam Rutkowski, *op. cit.*

C'est à dessein que j'emploie le mot « Israélite », qui n'est aujourd'hui employé que par les frileux (ou par des antisémites honteux !). On n'utilisait pas le mot «Juif », vocable à l'époque employé par les Allemands. Or, se retrouver victimes d'autres Français ajoutait à leur incompréhension, augmentée de la conscience de leurs états de service, beaucoup étant d'anciens combattants. Ils n'avaient pas ou peu souffert d'antisémitisme dans leurs vies d'hommes, ils n'étaient, pour la plupart, pas pratiquants, ne fréquentaient pas la synagogue, étaient même, pour certains, mariés avec des non-Juives. Et s'ils se considéraient comme Juifs, c'était davantage par tradition familiale que par une quelconque volonté d'appartenance. Ils refusèrent de se regarder comme tels et jugeaient offensant pour eux qu'on les considérât comme un groupe à part de la société française auquel aurait été attribuée une identité.

La surprise qui est la leur semble, soixante-dix ans plus tard, d'autant plus étonnante que le Statut des Juifs d'octobre 1940 les mettait déjà au ban de la société comme jamais depuis l'Ancien Régime, et qu'il avait été précédé, dans les années 30, par un climat d'antisémitisme croissant, et par la connaissance, avec *Mein Kampf*, de la doctrine et des écrits d'Hitler.

Grande était la différence avec les 300 autres détenus, pour la plupart étrangers, qui les avaient rejoints dès le départ. Ils s'étaient réfugiés en France suite aux persécutions en Europe centrale et orientale, et avaient une longue habitude, sinon des pogroms, du moins des discriminations. Venus en France où ils s'espéraient à l'abri, ayant élevé leurs enfants dans l'amour de leur nouvelle patrie, ils en parlaient néanmoins avec amertume et lui en voulaient, non seulement de ne pas les avoir protégés, mais encore de les avoir mal accueillis puis livrés aux « Boches », comme ils disaient[1]. Ils retrouvaient dans les actes

1. Louis et Mariette Engelmann, *Sans toi, je serais en route pour un grand voyage*, *op. cit.* C'est le récit de « l'extraordinaire sauvetage » de Louis par sa femme Mariette sur le quai de la gare de Compiègne le 27 mars 1942, lors du départ du premier convoi de

du régime de Vichy la marque de la persécution qu'ils avaient connue dans leur pays d'origine, et n'avaient pas la moindre illusion sur le fait qu'être juifs les désignait à la haine des antisémites et à la volonté des nazis de les éliminer.

La véritable différence, au sein des détenus, résidait donc dans le jugement sur le sort qui leur était réservé, scandaleux et incompréhensible pour « ces Juifs assimilés et patriotes voulant croire n'avoir été arrêtés que sur le soupçon d'être anti-allemands[1] ». Les uns étaient donc des archétypes d'Israélites français, quelquefois même gradés de l'armée ou décorés par la République, pris dans une rafle dont les motivations et l'enjeu leur échappaient. Ainsi Léonce était-il chevalier de la Légion d'honneur – ce dont il était très fier et qui signifiait beaucoup à l'époque pour des Juifs soucieux de leur intégration dans la vie nationale. Les autres, étrangers,

---

déportés vers Auschwitz, et présenté par le journaliste du *Monde* Philippe Bernard, leur neveu, qui s'attela à réunir puis publier leurs deux journaux croisés.

1. Préface de Serge Klarsfeld au journal de Louis et Mariette Engelmann, *op. cit.*

fatalistes, coutumiers des ghettos ou de l'adversité, moquaient l'aveuglement de leurs camarades français, et voyaient dans leur arrestation la poursuite d'une malédiction millénaire liée à leur identité.

Si bien qu'une certaine « lutte des classes » – si j'ose employer ce terme – à Compiègne-Royallieu était certes due à la différence de niveau social entre ces Français privilégiés et ces réfugiés, souvent artisans et nettement moins favorisés. Mais surtout, au grand écart dans l'appréhension de leurs judaïsmes respectifs. Comme le dit dans son récit l'ingénieur physicien Louis Engelmann, le voisin de mes grands-parents, « il y avait autant de différences entre un Juif roumain et moi qu'entre un Roumain orthodoxe et un Français aryen ».

Certains sont même durs et méprisants envers les Juifs étrangers. D'autres, comme Roger Gompel qui, à le lire, devait pourtant être un homme cultivé, découvrent avec étonnement un monde qui leur est étranger : entendant des prisonniers chanter un soir des chansons yiddish et les trouvant fort belles, il n'hésite pas à écrire avec naïveté que c'est la première fois qu'il entend ce type de chants. Ou encore, Jean-Jacques Bernard dans une formulation on ne peut plus claire : « Mes compagnons comme moi ne savaient penser que français. Ils ne savaient pas penser juif[1]. »

Si bien que, le soir au camp, certaines conférences dérapèrent quand fut évoqué le sujet.

Le paisible et courtois Jacques Ancel (qui, comme Léonce, mourut d'épuisement et de mauvais traitements après sa libération) se fâcha quand quelqu'un l'interrogea sur l'existence d'une « nation juive ». Quant au président de la cour d'appel, Laemlé, qui repoussait fermement l'idée d'une communauté juive, il avait adopté avant la lettre une définition sartrienne du judaïsme et proclamait « nous ne sommes juifs qu'à partir du moment où l'on nous le reproche ». J'ignore dans quelle catégorie se rangeait mon grand-père, mais ce que j'en sais me fait croire qu'il partageait le sentiment de ces Français à la fois juifs et laïcs, et leur refus d'être réduits à leur seule appartenance au judaïsme.

1. Jean-Jacques Bernard, *op. cit.*

4

La bascule des destins

À partir de mi-février, les conditions de détention se dégradent de plus en plus vite. Les détenus qui évitent de se complaire dans la plainte et l'anxiété s'interrogent pourtant par bouffées, comme le fait Benjamin Schatzman, sur le but réel poursuivi par les nazis. Et même si cela lui paraît inenvisageable, c'est pourtant l'extermination qui lui vient à l'esprit : « Pour le plus grand nombre d'entre nous, il n'y avait pas de doute que nous étions voués à la destruction. » Mais pour Schatzman, écrivent les auteurs des notes qui suivent ses souvenirs, cette éventualité « était si terrible et paraissait si invraisemblable que, par la suite, il en a cherché d'autres. Mais en ces jours de l'hiver 1942, elle s'est imposée à lui, ne serait-ce qu'un instant ».

Henri Jacob-Rick a, lui aussi, compris l'inimaginable. « On se heurte à une profonde volonté de [faire le] mal qui nous retranche du monde des vivants », écrit-il à sa femme en février 1942 dans une lettre déchirante, consultable dans une des vitrines interactives du mémorial de Compiègne.

Comment en effet ne pas y songer ? Même les plus solides et les plus jeunes n'avaient pas pu éviter le grand délabrement. La faim, lancinante, entraînait des vertiges, de l'hébétude, des dégradations physiques qui, « par degrés, réduisent l'homme au rang de la bête », écrit Roger Gompel, qui ajoute, lucide lui aussi, que c'était « un acheminement implacable vers la mort selon une méthode pour humilier, avilir, abrutir, épuiser, jusqu'à la complète extinction de toute personnalité humaine, [...] une sorte de pogrom à froid ». L'image est glaçante, mais illustre bien la lente agonie des internés ou déportés[1].

1. Eux-mêmes emploient alternativement l'un ou l'autre adjectif.

Ceux qui sortirent de Compiègne vers la liberté, l'hôpital, la clandestinité ou la déportation repartiront en ayant perdu 25 à 30 kilos en trois mois. La malnutrition, le froid, la maladie ont commencé de transformer les prisonniers en silhouettes fantomatiques. Leur température était souvent proche de 35 degrés ou de 34 degrés, et avec de la fièvre, montait à 36,5 degrés. À l'inverse, quand elle descendait à 33,5 degrés, la fin était proche.

La Croix-Rouge n'est jamais parvenue à soulager la misère des détenus juifs de Compiègne. Certes, elle a été régulièrement mise en cause pour son attitude pendant la Seconde Guerre mondiale. Ce fut la limite de la neutralité de l'organisation humanitaire, suspectée de ne pas avoir averti les Juifs parisiens de la rafle du Vél' d'Hiv ou soupçonnée d'indifférence vis-à-vis du sort des internés des camps en France même. En tout cas, elle ne put jamais entrer dans le « camp des Juifs », alors qu'elle allait et venait dans les autres camps de Compiègne. C'est tout juste si les détenus ont pu bénéficier qui d'un biscuit, qui d'une datte (!), jusqu'à ce qu'un jour, un morceau de sucre à partager entre six personnes fût religieusement proposé aux internés.

Les rations alimentaires qui se réduisent déclenchent, comme on l'a vu, stoïcisme ou bagarres. Je cite Roger Gompel encore : « Pour les Juifs, pas de pitié ! Nous étions bien les plus mal partagés des animaux, n'ayant même pas, pour veiller sur notre sort, la Société protectrice des Animaux. »

Saül Castro, dans son journal, évoque l'infirmerie infestée de poux qu'il appelle « Salle des Éclopés », où la nourriture était quand même plus abondante et où l'on était dispensé de corvées. Plus encore que dans les chambrées se voit l'effrayante disgrâce des déportés : « La famine fait des ravages, nos tortionnaires nous font mourir à petit feu [...]. Je me vois mourir de jour en jour [...]. Nos yeux sont hagards et sortent de leurs orbites ; si cela continue, à la longue nous deviendrons fous[1]. »

1. Saül Castro, in *Le Camp juif de Royallieu-Compiègne*, *op. cit.*

À l'époque, les rouages de la machine d'extermination n'étaient qu'en rodage. C'est le 20 janvier 1942 que se tient la conférence de Wannsee, où Reinhard Heydrich, adjoint de Himmler et ayant eu un rôle majeur dans l'extermination des Juifs, présente à toutes les autorités du Reich « la solution finale de la question juive en Europe », autrement dit les éléments concrets et pratiques de l'anéantissement. Adam Rutkowski précise : « C'est le moment où, à Berlin, se préparait le passage d'une politique d'élimination sociale à une stratégie d'élimination physique. La rafle du 12 décembre se situe au moment de ce basculement. » D'ailleurs, cette rafle ayant été approuvée par le Führer, il est fort possible, note Laurent Joly[1], « qu'elle coïncide avec la décision annoncée au même moment par Hitler à ses proches, de l'anéantissement total des Juifs d'Europe ».

Je voudrais relayer ici un très beau récit de Georges Wellers que je ne peux lire

1. Laurent Joly, in *L'État contre les juifs*, *op. cit.*

autrement que la gorge serrée. Dans ses souvenirs[1], il décrit le destin bouleversant d'un Juif russe, l'un des rares Juifs étrangers arrêté avec les Français le jour de la rafle des notables, et qui était dans le même block, sinon dans la même chambrée que lui. Wellers se prit d'amitié pour cet homme qualifié par lui de « caractère d'une rare élévation ».

Il s'appelait Rabinovitch et écopa vite, dans le camp, du surnom de « Ritch », qui était son nom de théâtre. Il avait été raflé le 12 décembre place de l'Étoile, et interné sans vêtements ni vivres. Il avait fait des études médicales, puis, ayant quitté la Russie après 1917, entamé une belle carrière de chanteur d'opéra. Sa voix était réputée fort mélodieuse, lui-même était d'allure altière, et de tempérament doux, délicat et formidablement généreux. Ses amis russes le faisaient bénéficier des petites largesses venues de leur camp. Ritch en était fort gêné et prétextait sans cesse son manque d'appétit pour partager avec les autres des colis qui lui parvenaient et dont

1. Georges Wellers, *op. cit.*

il distribuait l'essentiel. Ne voulant par ailleurs aucune faveur, notamment d'un de ses amis chef de chambrée moins scrupuleux que lui, il ne voulait à aucun prix profiter de soupe ou de pain qui auraient été « économisés » sur des rations de déportés moins favorisés. Il se dévouait plus que tout autre pour se faire pardonner les quelques faveurs qui lui parvenaient, et notamment se joignait à ceux qui, la nuit venue, se chargeaient de distribuer les vivres, parvenus clandestinement de chez les Russes.

Mais son état de santé se détériora assez vite, il maigrit considérablement, s'évanouissait durant les appels. Ses pieds étaient affreusement gelés et enflés et se couvraient de plaies profondes qu'il ne pouvait pas traiter faute de pansements et de médicaments. Il ne pouvait plus enfiler ses chaussures, mais posait le pied par-dessus et attachait le tout avec des ficelles. Il était totalement désarmé devant la brutalité et l'injustice, et répondait par la générosité aux épreuves les plus rudes. Plus il souffrait, plus son attitude était admirable. Il tomba malade, eut de la fièvre et se levait à peine pour les appels.

Lors des « conférences » que donnaient certains détenus qui avaient un talent propre, on pria souvent Ritch de chanter, mais il déclinait l'invitation, se trouvant trop diminué. Un soir, pourtant, malgré son extrême faiblesse, il participa à un « concert » et accepta de chanter quelques mélodies russes. Son chant fut si beau, si poignant, sa fragilité tellement touchante qu'il enchanta, bouleversa, émut aux larmes l'assistance par la beauté de sa voix, celle de son visage émacié, et la puissance et la douceur qui émanaient de sa personne.

Le 27 mars, date de la déportation de l'essentiel des détenus, Georges Wellers l'aperçut, au milieu de 500 autres. Il tenait à peine debout, prêt à monter dans le train avec un visage résigné et un regard ardent, plein de fièvre et d'une extrême souffrance. Il chuchota : « Adieu tout le monde. C'est bientôt la fin et j'en suis heureux. » Il expira dans le wagon qui l'emmenait à Auschwitz.

Tous les rescapés prennent bien soin de ne pas comparer leur épreuve, terrible au demeurant, avec l'horreur absolue des camps d'extermination, où la souffrance, la torture et la mort furent programmées et industrielles. Ce fut d'ailleurs aussi une des raisons de leur retenue à leur libération, quand la Shoah commença d'être connue, et qu'explique fort bien la fille de Roger Gompel en publiant le journal de son père[1].

En relatant l'histoire de la rafle et du camp, je n'entends pas, moi non plus, faire des prisonniers de Compiègne des martyrs plus qu'ils ne l'ont été. Il s'agit seulement ici de mettre un peu plus de lumière sur l'histoire d'un camp en France, administré par les Allemands sur le régime de leurs camps d'extermination, et moins souvent évoqué que Drancy, Pithiviers ou Beaune-la-Rolande.

L'une des questions qui vient à l'esprit quand on se plonge dans l'histoire de Compiègne-Royallieu est celle-ci : pourquoi cette arrestation du 12 décembre 1941 n'a-t-elle pas été suivie immédiatement de

1. Voir son introduction au témoignage de Roger Gompel, in *Le Camp juif de Royallieu-Compiègne, op. cit.*

déportation, et pourquoi le camp a-t-il servi de voie de garage pendant trois mois ? L'analyse des documents est éclairante.

Ces hommes arrêtés comme « notables » devaient bien évidemment être déportés sans tarder, et non pas seulement le 27 mars 1942, qui fut la date du premier train parti de France – et de Compiègne – vers les camps de la mort. Or, selon un télégramme secret et urgent envoyé de Berlin le 24 décembre, les bureaux en Allemagne chargés de la Question juive signalent que les trains allemands sont encombrés de permissionnaires qui circulent dans cette période de Noël, « ce qui rend le transfert de mille Juifs de France impossible[1] ». Recommandation est donc faite aux autorités d'Occupation de les concentrer provisoirement dans un camp de transit, avant leur évacuation postérieure, au printemps. Après que Dannecker, fort irrité, a protesté du retard, en se rendant lui-même à Berlin, Eichmann câble, fin février, que « mille

1. Télégramme n° WUE 20829, cité par Georges Wellers, in *Le Camp juif de Royallieu-Compiègne*, *op. cit.*

Juifs seront pris en charge dès la fin de la discussion sur l'horaire et amenés dans un camp d'accueil [*sic*] situé dans le territoire du Reich[1] ». Enfin, le 11 mars, un télégramme, envoyé lui aussi de Berlin, annonce que « le départ de ces mille Juifs, actuellement rassemblés dans un camp à Compiègne, est prévu le 23 mars 1942 par train spécial[2] ». Dannecker corrigera la date, précisera le planning, et prévoira l'arrivée à Auschwitz (il mentionne lui-même la destination) le 30 mars à l'aube[3].

Une autre question confuse est de savoir ce qu'il advint des libérations et quelles sont celles qui furent effectuées. On peut dire que, bien souvent, elles furent le fruit du hasard et d'une certaine absence d'organisation.

Le 22 janvier 1942, le rapport de l'état-major du commandement militaire en France précise que le « commandant du

1. *Ibid.*
2. *Ibid.*
3. Les documents originaux des « négociations » entre Berlin et Dannecker se trouvent au Mémorial de la Shoah.

camp C a soumis une liste de Juifs inaptes de moins de dix-huit ans et de plus de cinquante-cinq ans. Ces Juifs-là devront être libérés, sauf dans les cas particuliers où il existe des objections à leur libération ; dans ce dernier cas, il faut les transférer dans le camp français d'internement de Drancy ». Tout est dans le « sauf », la décision appartenant *in fine* à la Gestapo.

De fait, il y eut plusieurs listes établies, de ces trop jeunes et de ces trop vieux, et qui donnèrent lieu à des libérations. L'une d'elles fut dressée cinq jours après la rafle, et concerna les plus âgés. Fin décembre, 38 autres furent libérés, considérés comme malades. Puis, entre le 12 et le 15 mars furent relâchés les « très grands malades », soit environ une centaine de personnes que les Allemands préféraient voir mourir à l'hôpital. Quant aux 170 déclarés « inaptes au travail », ils seront transférés à Drancy et déportés en Pologne par le convoi de fin mars. Le reste de la rafle de décembre, les 550 autres restants, est donc déporté directement de Compiègne le 27 mars vers Auschwitz. Ce fut – je tiens à le citer au nom de la mémoire de ces malheureux moins chanceux que mon grand-père, sauvé par son état de grande maladie – « le convoi n° 767, composé à la gare du Bourget-Drancy entre 12 heures et 17 heures le 27, arrivé en gare de Compiègne à 18 h 40, et reparti à 19 h 40. Il arriva à Auschwitz le 30 mars 1942 à 5 h 33 du matin[1] ». Les horaires prévus par Dannecker auront été respectés.

La troisième question concerne cette pseudo-règle d'exclure des déportations les jeunes et les anciens. On a toutes les raisons de penser – puisque notamment, à partir de l'été 1942, trois mois plus tard, les nazis n'auront aucun scrupule à déporter les nourrissons comme les vieillards – qu'il s'agit là d'un pur formalisme bureaucratique des autorités allemandes. Compiègne est en effet un camp d'attente pour des « travaux forcés » à l'Est. Il paraît donc logique d'exclure des convois ceux qui sont déclarés « inaptes au travail ». Certes, ces « travaux » ne sont que le nom déguisé pour « extermination », la « solution finale » venant d'être

1. Adam Rutkowski, *op. cit.*

adoptée[1], mais n'ayant pas atteint encore son efficacité meurtrière. Il n'y avait donc en mars aucune sollicitude spéciale de la part des nazis, mais des errements typiquement administratifs.

Selon le récit de Georges Kohn, le 19 mars 1942, 178 Juifs selon lui, 170 selon d'autres comptes, de plus de 55 ou de moins de 18 ans (les chiffres étant toujours plus ou moins exacts, tant les situations spéciales de chacun d'eux ont été difficiles à reconstituer pour les survivants), sont ainsi soi-disant libérés de Compiègne. Les détenus pensent qu'ils vont réellement retrouver leur famille. En fait, ils vont être envoyés à Drancy pour pouvoir être déportés quelques jours plus tard. Parmi eux, Roger Masse, colonel d'artillerie, qui avait été fait prisonnier et venait, en décembre, de rentrer d'Allemagne, et son frère, l'avocat Pierre Masse.

À la sortie du camp, tous ces détenus sont détrompés brutalement sur leur destination du jour, puis menottés deux

1. Dès le 20 janvier 1942, date de la conférence de Wannsee.

par deux par des gendarmes français, qui prennent le relais pour les transférer à Drancy encore sous administration française. Et les voilà tous, conduits à pied comme des forçats, jusqu'à la gare de Compiègne, refaisant les quatre ou cinq kilomètres qu'ils avaient parcourus de nuit trois mois plus tôt, sous l'indignation des passants qui voient avec stupéfaction ces hommes décorés de la Légion d'honneur décharnés et enchaînés les uns aux autres. Ce fut le seul moment où « flancha » cet homme admirable qu'était Pierre Masse, a raconté Georges Kohn. Menotté à son frère Roger, il se débattit pour lui, larmes aux yeux, protestant de son statut de militaire patriote, indigné que des gendarmes français prêtent ainsi main-forte aux projets criminels des Allemands, de surcroît sur un soldat gradé de l'armée française[1].

On l'a dit, l'essentiel des détenus restant à Compiègne ne sera pas transféré à Drancy mais déporté directement vers

1. Voir, plus haut, l'hommage à Pierre Masse de Robert Badinter.

Auschwitz. Certains détenus, envoyés sur le front en 1939, n'avaient même pas été démobilisés. Or, la convention de Genève précisait qu'on ne peut pas déporter des militaires en activité. Les Allemands n'ont donc de cesse d'obtenir de Vichy qu'ils soient effectivement libérés de toute obligation militaire. Ce fut fait le 21 mars. La folle, tragique et cruelle hypocrisie bureaucratique des nazis pour sauvegarder les apparences laisse sans voix : ils vont faire mourir ces hommes dans des chambres à gaz, un crime dont la monstruosité, l'ampleur et la sophistication restent encore inimaginables soixante-dix ans plus tard, et ils font mine de vouloir respecter les lois internationales régissant la guerre... !

Quant aux libérations, elles se sont véritablement faites au cas par cas. Le médecin chef allemand, le docteur Furtwängler, saisi à chaque fois pour en délivrer à cause de situations médicales délicates, refusa d'autoriser la plupart des libérations. Toutefois, mi-mars, comme on l'a vu, certains grands malades furent libérés.

Cela aurait pu être le sort de Léonce Schwartz, le père de mon père. Ce ne fut pas le cas, et pour relater son périple, confus, je n'ai que des hypothèses.

L'hôpital du Val-de-Grâce m'a transmis, à ma demande, copie des registres mentionnant les entrées et les sorties, entre février et mars 1942. La date de l'arrivée de Léonce Schwartz y est inscrite, le 24 février. Il y entre en tant qu'« interné ». Son nom se trouve dans un grand répertoire, rempli à la main, orthographiant à tort son prénom comme étant Léon, mais indiquant bien l'adresse de l'épouse, au 46 rue de Tocqueville. Ajoutant une case – qui étreint le cœur du lecteur qui n'en a jamais vu l'équivalent sur un registre d'hôpital – le mentionnant comme « Israélite ». La raison de l'hospitalisation ? Une « tachycardie » selon le registre, formulation bénigne vu l'état dans lequel il a dû arriver mais qui était peut-être le nom générique donné alors à une maladie cardiaque contractée au camp. Léonce aurait pu tout aussi bien être récupéré par les Allemands pour le joindre aux autres convois de déportation, une fois remis sur pied. C'est en effet ce qu'ils faisaient souvent des grands malades hospitalisés dans ce qui n'était d'ailleurs pas un refuge, une maison de santé, mais une partie intégrante sur le plan administratif du *Frontstalag 122.*

Un portrait de Léonce dans son lit du Val-de-Grâce fut réalisé par un camarade de chambre d'hôpital en date du 13 mars. C'est un document parvenu jusqu'à moi, et retrouvé presque par hasard, dans les papiers de mes parents. Et ce portrait talentueux et apparemment ressemblant est poignant. Léonce est assis sur un siège en bois, vêtu d'un lourd manteau, qui fait penser à une capote militaire, enveloppé dans une couverture, un brassard autour du bras. Il porte le n° 3450, sans doute son matricule attribué le 12 décembre, et qu'on retrouve indiqué dans les registres de l'hôpital. Le visage est creusé, bien qu'on le soigne et le nourrisse mieux depuis deux semaines. Il tient ses lunettes à la main. Il a le regard fixe, désespéré.

Un autre des rares documents en ma possession est une requête, faite par Margot, ma grand-mère, en 1957. Elle voulait obtenir, au nom de Léonce, une carte d'« interné politique », ce qui lui fut accordé, et que me confirme une copie du dossier fourni par le ministère de la Défense. Dans les renseignements remplis à la main par Marguerite, elle mentionne d'autres dates qui m'ont plongée dans une confusion temporaire : elle inscrit en effet l'entrée au Val-de-Grâce comme étant le 18 mars, en contradiction avec le registre (24 février) et le dessin (13 mars). Elle mentionne par ailleurs qu'il en serait sorti le 20 mars, au bout de deux jours, alors que sa sortie véritable date du 17, vingt et un jours plus tard. Comment pouvait-elle se tromper sur des dates tellement présentes à son esprit ?

Serge Klarsfeld, avec un sourire gentil et malicieux, m'explique que ma grand-mère, pour avoir droit à cette attestation d'« interné politique » – qui d'ailleurs ne donnait pas lieu à une pension mais à la reconnaissance officielle de la détention de son époux –, a dû tordre un peu les dates pour se conformer à l'obligation de prouver que l'incarcération avait duré trois mois pleins. Ce n'était qu'une demi-combine, car même à l'hôpital, il demeurait sous le statut d'« interné », ratifié par les autorités allemandes. Et d'ailleurs le dossier qui lui attribue cette fameuse carte n'y accorde aucune importance et reprend les dates indiquées dans le registre et certifiées par un certain médecin-colonel J. Henrion, en date du 5 août 1957. Était-il en fonction déjà à l'époque ? Si oui, quel homme était-il ?

Est-ce par lui ou par son homologue de l'époque que Margot a pu faire sortir Léonce du Val-de-Grâce ? Peut-être est-ce de là que vient la fausse légende de ma grand-mère trompant la surveillance allemande.

Engagée dans les hôpitaux en 1939 – suivant en cela l'exemple de sa propre mère, Camille, si courageuse dans les tranchées de Verdun en 1916 –, elle l'aurait fait s'échapper dans une ambulance, à la barbe des soldats qui gardaient les lieux ! Longtemps, j'ai pensé que, par un courage insensé, elle était allée le chercher au sein même du camp où il se trouvait.

Le récit était suffisamment épique pour exciter l'imagination de l'adolescente que j'étais. Plus tard, j'ai même fantasmé autour d'une fable que je me racontais, selon laquelle, pour entrer dans un tel camp, il eût fallu qu'elle bénéficiât de complicités au sein de la police ou de l'armée. De là à lui imaginer de façon romanesque un amant collabo pour sauver son mari juif, j'avais bouclé l'affaire !

Aujourd'hui ne me restent que des hypothèses sur cette libération. Qu'est-il arrivé ensuite ? Sont-ils rentrés chez eux rue de Tocqueville ? C'eût été folle imprudence. Considérablement affaibli par ces mois passés à Compiègne, et obligé de se cacher sans porter l'étoile jaune jusqu'à la Libération, comment mon grand-père a-t-il trouvé la force de tenir jusqu'au 16 mai 1945, huit jours après l'armistice, quelques semaines après le retour de son fils, mon père, rentré du Proche-Orient, où les gaullistes l'avaient envoyé ?

J'ai vainement cherché du côté de son journal de guerre. Robert Schwartz avait changé de nom quand il s'était engagé dans la France libre pour protéger ses parents restés à Paris et éviter que les Allemands, ayant probablement la liste des officiers français passés chez de Gaulle, ne fassent le lien avec sa famille. Vaine précaution, à l'évidence. Je n'ai trouvé dans ses cahiers que sa détresse de revoir son propre père mourant, et sa révolte contre la « barbarie des Boches[1] » qui l'avait tué.

Quand il m'en faisait lecture autrefois, mon père n'avait pourtant pas été avare des détails de sa mobilisation sur la ligne Maginot pendant la « drôle de guerre », ni de ses larmes quand il avait vu l'armée allemande défiler sous l'Arc de triomphe sur les Champs-Élysées, et dont les images que nous connaissons par cœur évoquent si bien l'écrasement de la France sous la botte de l'occupant. Ni enfin de sa résolution de ne pas vivre dans la France de la collaboration et de s'engager chez de Gaulle.

Je savais donc tout de son périple pour rejoindre Le Caire, Damas et Beyrouth et

1. Le mot était courant dans le langage de ceux qui avaient vécu la guerre.

des années passées là-bas, où il avait été notamment en charge de la propagande gaulliste dans un Proche-Orient où grouillait la désinformation nazie. Il m'avait montré, assez fier, la dépêche reproduisant un extrait d'un discours de Goebbels qui avait condamné à mort « le Juif Sinclair » qui officiait sur les ondes de Radio Beyrouth. Pendant tout ce temps, bien sûr, privé de toute communication avec la France, il ignorait ce qu'il était advenu de sa famille et ne le découvrit qu'à son retour à Paris.

Alors pourquoi ne m'a-t-il pas parlé des mois de souffrance de Léonce à Compiègne, au point que je confondis le camp où il avait été enfermé avec celui de Drancy ? Pourquoi ne pas m'avoir expliqué ce que fut la traque de ses parents après la sortie du Val-de-Grâce, alors qu'ils se cachaient pour éviter la déportation ? Comme si vivre le présent, laisser le passé derrière soi était devenu le mot d'ordre de tous ceux qui avaient eu à approcher la sauvagerie nazie.

Le plus étrange est que je suivis avec passion la découverte par mes parents du rôle du préfet Jean Leguay, qui fut le délégué, en zone occupée, du secrétaire général de la police nationale de Vichy, René Bousquet, de sinistre mémoire. Leguay, impliqué dans la déportation des Juifs de France, réussit à dissimuler son passé pendant trente ans, avant d'être mis en cause pour sa participation active à la rafle du Vél' d'Hiv, et inculpé en 1979, grâce à l'acharnement de Serge Klarsfeld, de crimes contre l'humanité. Il mourut, dix ans plus tard, en 1989, sans avoir eu à subir de procès.

Or mon père et lui furent collègues dans le métier de l'industrie cosmétique, Leguay, directeur général de Gemey[1], mon père, d'Elizabeth Arden. Et le hasard voulut qu'ils aient eu, tous deux, une petite maison de campagne dans le village de Fleury-en-Bière, en Seine-et-Marne. Les deux collègues, qui se voyaient professionnellement à Paris, se fréquentèrent de temps à autre le week-end. J'ai moi-même

1. Entreprise qui fait partie du groupe L'Oréal où certains collaborateurs se retrouvèrent après la guerre, mais cela est une autre histoire…

le souvenir de Jean Leguay venant prendre le thé chez nous, et, petite fille, je les ai parfois accompagnés mon père et lui dans des promenades dans la région de Fontainebleau. Nous ignorions tout, bien sûr, du passé de Leguay, habilement blanchi dans les années 50 jusqu'à être réintégré dans le corps préfectoral dont il avait été exclu à la Libération.

Quand mon père connut le rôle de premier plan de Jean Leguay, notamment dans la rafle du Vél' d'Hiv où les responsables de la police française avaient d'eux-mêmes proposé aux nazis que les enfants fassent partie des convois, il lui fit savoir son dégoût. Il ajouta que ses policiers étaient aussi responsables de l'arrestation de Léonce et de son internement. De fait, dans la rafle des notables, on a vu que les Allemands étaient à la manœuvre, la police française jouant un rôle d'appoint.

Comment mon père ne connaissait-il pas tous les détails de cette histoire au point de se tromper ? Comment, à l'époque où j'étais adulte, n'ai-je pas tenté de comprendre cet épisode dramatique et fatal pour la vie de mon grand-père ?

L'imprécision de mon père sur l'implication ou non de Leguay dans les malheurs du sien se prolongeait chez moi par un manque d'appétit d'en savoir davantage sur le sort même de Léonce. Comme si l'incuriosité de l'époque s'était transmise de père à fille. Certes, compréhensible pour ceux qui voulaient tourner la page de la guerre. Mais inexplicable pour moi qui désirais tant savoir. Me manquent donc les réponses aux questions que je n'ai pas posées et qui me taraudent aujourd'hui. Bien tard. Trop tard.

C'est sûrement pour cela que je me suis immergée dans les témoignages des déportés eux-mêmes, dans les recherches des historiens, dans des récits comme celui du journaliste du *Monde*, Philippe Bernard, neveu du voisin de la rue de Tocqueville, Louis Engelmann. Ce dernier a relaté l'incroyable audace de sa femme Mariette qui, munie d'une lettre de Fernand de Brinon[1] à l'employeur de

1. Fernand de Brinon, délégué du gouvernement de Vichy en zone occupée. En quelque sorte,

Louis, les Tréfileries du Havre, a réussi miraculeusement à détourner son mari de la déportation et l'aiguiller vers Drancy, dont elle l'a ensuite fait sortir. Encore une fois, incroyables furent les failles d'une structure qui se croyait parfaite !

Au terme de cette enquête, je n'ai pas trouvé d'autres éléments qui auraient pu m'éclairer davantage sur l'arrestation, la détention et la libération de Léonce. Je n'ai donc pas eu la possibilité de faire revivre la saga familiale que j'avais imaginée. Sans doute ai-je cherché, en entreprenant ce livre, à combler le vide de la mémoire. J'étais en quête d'une histoire et j'en ai trouvé des centaines d'autres, bien plus tragiques encore.

À Compiègne, les noms des internés du camp, sauvés ou déportés, sont gravés sur une stèle de verre, à l'entrée du mémorial. Je n'y ai pas vu le nom de mon grand-père, absent de la vitre-souvenir autant

---

l'« ambassadeur » de Vichy auprès des Allemands (voir plus haut).

que de ma mémoire. Demander à ce que le nom de Léonce Schwartz soit à l'avenir incrusté à côté de tous ceux passés dans ces lieux est pour moi, avec ce livre, le seul geste que je puisse encore faire pour me rattacher à lui.

Léonce restera donc comme une ombre qui passe dans ce récit. Mais l'effort pour retrouver sa trace durant ces mois de 1941-1942 m'aura permis d'entrer par effraction dans une tragédie déchirante et mal connue, et me donner la volonté d'en transmettre le récit à mes enfants et petits-enfants. Il ne me restait plus qu'à écrire les pages que vous venez de lire pour essayer de donner à mon tour à cette « rafle des notables », à ce « camp de la mort lente », à ces déportés, à ces hommes tragiquement assassinés, un peu de noblesse, et de manière bien illusoire, un nouveau moment de vie.

REMERCIEMENTS

Je veux d'abord m'incliner devant la mémoire de ceux qui furent internés à Compiègne, déportés ou survivants. Sans leur acharnement à témoigner, cette histoire nous serait inconnue et ce livre n'existerait pas. Il est en effet fondé largement sur leurs récits, peu nombreux mais décisifs, que j'ai tenu à citer au fur et à mesure.

Je remercie de tout cœur Serge Klarsfeld pour la bienveillance amicale qu'il a montrée envers ce projet, et pour l'ensemble des publications qu'il a éditées. Elles ont nourri mon maigre savoir sur la rafle des notables et le camp de Compiègne.

Tous mes remerciements à Laurent Joly qui, avec son immense connaissance de la période, a bien voulu préciser les détails historiques qui me manquaient.

Ma gratitude à Karine Taïeb, responsable du service Archives du Mémorial de la Shoah, qui, la première, a retrouvé la trace de mon grand-père au camp de Compiègne-Royallieu.

Merci enfin à Michel Sitruk qui m'a permis de remonter la filière des Schwartz, à Westhoffen, Strasbourg et Paris.

OUVRAGES ET ARTICLES CONSULTÉS

ROBERT BADINTER, *Le Débat*, n° 158, janvier-février 2010.

JEAN-JACQUES BERNARD, *Le Camp de la mort lente, Compiègne, 1941-1942*, Albin Michel, 1944, puis Éditions Le Manuscrit, collection « Témoignages de la Shoah », Paris, 2006.

Collectif : SAÜL CASTRO, ROGER GOMPEL, HENRI JACOB-RICK, GEORGES KOHN, ROBERT-LAZARE ROUSSO, ADAM RUTKOWSKI, GEORGES WELLERS, *Le Camp juif de Royallieu-Compiègne, 1941-1943*, Éditions Le Manuscrit, collection « Témoignages de la Shoah », Paris, 2007.

LOUIS et MARIETTE ENGELMANN, *Sans toi, je serais en route pour un grand voyage, histoire d'un sauvetage, Compiègne-Drancy, 1941-1942*, Éditions Le Manuscrit, collection « Témoignages de la Shoah », Paris, 2016.

LAURENT JOLY, *Vichy dans la « solution finale », 1941-1944*, Grasset, Paris, 2006 / *L'État contre les juifs*, Grasset, Paris, 2018.

Michaël R. Marrus et Robert O. Paxton, *Vichy et les Juifs*, deuxième édition, Calmann-Lévy, Paris, 2015.

François Montel, *Journal de Compiègne et de Drancy*, Éditions FFDJF, Paris, 1999.

Benjamin Schatzman, *Journal d'un interné, Compiègne, Drancy, Pithiviers, 12 décembre 1941-23 septembre 1942*, vol. I et II, Éditions Le Manuscrit, collection « Témoignages de la Shoah », Paris, 2005, et Fayard, Paris, 2006.

Élie Scheid, *Histoire des Juifs d'Alsace*, Éditions des régionalismes, 2017.

Claude Weill, *Le Nouvel Observateur*, n° 1825, spécial Est, 28 octobre 1999.

DE LA MÊME AUTRICE

Aux Éditions Grasset

DEUX OU TROIS CHOSES QUE JE SAIS D'EUX, 1997

CAMÉRA SUBJECTIVE, 2002

21 RUE LA BOÉTIE, 2012

CHRONIQUE D'UNE FRANCE BLESSÉE : JUILLET 2015-JANVIER 2017, 2017

LA RAFLE DES NOTABLES, 2020 (Folio n° 6980)

PASSÉ COMPOSÉ, 2021

Tous les papiers utilisés pour les ouvrages
des collections Folio sont certifiés
et proviennent de forêts gérées durablement.

Composition Nord Compo
Impression Novoprint
à Barcelone, le 15 février 2023
Dépôt légal : février 2022
1er dépôt légal dans la collection : août 2021

ISBN 978-2-07-292031-8./Imprimé en Espagne.

597222